침묵하라
그리고 말하라

침묵하라
그리고 말하라

법정 글 김인중 그림

열림원

침묵은 인간이 자기 자신이 되는 길이다.

차례

1 ——— 마음이 피어나는 순간

2 ——— 고요 속에서 들리는 소리

3 _____ 마음에 꽃을 심는 일

4 _____ 가볍게 떠나는 연습

1
마음이 피어나는 순간

오늘의 나는
어제의 내가 아니다.
지금 이 자리에
이렇게 있는 것은
새로운 나다.

물의 덕

오늘의 나는 어제의 내가 아니다.

지금 이 자리에 이렇게 있는 것은 새로운 나다.

개울물이 항상 그곳에서 그렇게 흐르고 있어

여느 때와 같은 물이면서도 순간마다 새로운 물이듯이

우리들 자신의 '있음'도 그와 같다.

그러니 흐르는 물처럼 늘 새롭게 살 수 있어야 한다.

때로는 구름이 되고 안개가 되어 뜨거운 햇살을 막아주는 삶이 되어야 한다.

때로는 흰 눈이 되어 얼어붙은 인간의 대지를 포근하게 감싸주고 서리가 되어

세월의 변화를 미리 알려주기도 해야 한다.

비와 이슬이 되어 목마른 대지를 적셔주면서

풀과 나무와 곡식과 과일들을 보살펴줄 수 있어야 한다.

그래서 '최상의 선은 물과 같다'고 했다.

물의 덕은 만물을 이롭게 하면서도 다투지 않고

남들이 싫어하는 낮은 곳에 머문다.

그러므로 물을 도에 가깝다고 한 것이다.

내 인간 가치

이 세상에서 나 자신의 인간 가치를 결정짓는 것은

내가 얼마나 높은 사회적인 지위나 명예 또는 얼마나 많은

재산을 갖고 있는가가 아니다.

내가 나 자신의 영혼과 얼마나 일치되어 있는가에 의해 내

인간 가치가 매겨진다.

따라서 내가 하고 싶은 일에 열정적인 힘을 부여하는 것은

나 자신의 사람됨이다.

삶은 유희

신앙생활을 하는 사람은 출가 재가를 물을 것 없이 무엇보다도 먼저 자비를 배우고 익혀야 한다. 관념적이고 추상적인 회색의 이론에서 벗어나 순간순간의 구체적인 삶이란 더 말할 것도 없이 이웃과 나누는 일이다. 이 나눔은 수직적인 베풂이 아니라 수평적인 주고받음이다.

흔히들 깨달은 다음에 자비를 행하는 것으로 잘못 알기 쉬운데, 자비의 충만이 곧 깨달음에 이르는 길임을 알아야 한다. 그래서 옛 스승들도 처음 발심한 수행자에게 먼저 보리심(자비심)을 발하라고 가르친다. 자비심이 곧 부처의 마음이기 때문에 부처를 이루고자 한다면 자비심이 선행되어야 한다는 소식이다.

자비를 배우고 익히지 않으면 나눔의 기쁨을 알 수 없다. 자비를 모르는 사람은 주는 기쁨을 알지 못한다. 이웃에게 머뭇거리지 않고 선뜻 나누어줄 수 있을 때 타인에 대한 적개심에서 자유로워질 수 있다.

모든 것은 끊임없이 흐르고 변한다. 사물을 보는 눈도 때에 따라 바뀐다. 정지해 있는 것은 아무것도 없다. 같은 강물에 발을 두 번 담글 수 없다는 까닭이 여기에 있다. 그러기 때문에 심각할 게 아무것도 없다. 삶은 유희와 같다.

행복할 때는 행복에 매달리지 말라. 불행할 때는 이를 피하려고 하지 말고 그냥 받아들이라. 그러면서 자신의 삶을 순간순간 지켜보라.

맑은 정신으로 지켜보라.

일의 기쁨

세상에는 여러 종류의 직업이 있다. 그런데 그 일이 참으로 좋아서 하는 직업인이 얼마나 될까? 대개는 그 일이 좋아서, 그리고 하고 싶었던 일이어서가 아니라, 수입과 생활의 안정을 위해 어쩔 수 없이 선택한 경우가 허다하다. 그렇기 때문에 자신이 하는 일에 애착도 지니지 않고 책임감도 느끼려고 하지 않는다.

이렇게 되면 일과 사람이 겉도는 불성실한 직업인이 될 수밖에 없다. 사람이 일을 하지만 그 일에 흥미가 없으면 일과 사람은 하나가 될 수 없다. 자신이 하는 일에 흥미를 가지고 책임을 느낄 때 사람은 그가 하는 일을 통해서 인간이 되어간다.

한눈팔지 않고 한 가지 일에만 전념하는 장인들은 그 일에 전 생애를 걸고 있다. 그들은 보수에 넋을 팔지 않고 자신이 하는 그 일 자체에서 삶의 의미와 기쁨을 순간순간 만들어가고 있는 것이다.

55세 혹은 60세가 되면 직장에서는 일을 그만 쉬라는 정년을 맞는다. 그때 남는 것은 과연 무엇인가?

직장에는 정년이 있지만 인생에는 정년이 없다. 흥미와 책임감을 지니고 활동하고 있는 한 그는 아직 현역이다. 인생에 정년이 있다면 탐구하고 창조하는 노력이 멈추는 바로 그때다. 그것은 죽음과 다름이 없다.

타율적으로 관리된 생활방식에 길들면 자율적으로 자신의 삶을 개선하고 심화시킬 그 능력마저 잃는다. 자기가 하는 일에 흥미와 의미를 느끼지 못하면 그는 하루하루 마모되어가는 기계나 다름이 없다. 자기가 하는 일에 자신의 인생을 송

두리째 걸고 인내와 열의와 정성을 다하는 사람만이 일의 기쁨을 누릴 수 있다.

그리움이 따르지 않는 만남

우리가 진정으로 만나야 할 사람은 그리운 사람이다.

한 시인의 표현처럼 '그대가 곁에 있어도 나는 그대가 그립다'는 그런 사람이다.

곁에 있으나 떨어져 있으나 그리움의 물결이 출렁거리는 그런 사람과는 때때로 만나야 한다. 그리워하면서도 만날 수 없으면 삶에 그늘이 진다.

그리움이 따르지 않는 만남은 지극히 사무적인 마주침이거나 일상적인 스치고 지나감이다.

마주침과 스치고 지나감에는 영혼에 메아리가 없다.

영혼에 메아리가 없으면 만나도 만난 것이 아니다.

행복의 조건

단순한 삶이 우리 마음을 편하게 하고 본질적인 삶을 이룬다.
가구나 실내장식도 단순한 것이 부담이 적고 싫증도 덜 난다.
인간관계도 복잡한 것보다는 단순한 것에서 보다 살뜰해질 수 있다.

우리는 누구나 할 것 없이 대개 일시적인 충동과 변덕과 기분, 그리고 타성에 젖은 습관과 둘레의 흐름에 의해 지배당하고 있다.

이런 흐름에서 헤어나려면 밖으로 눈을 팔 게 아니라 자기 자신을 맑게 들여다보는 새로운 습관을 길들여야 한다.

단순한 삶을 이루려면 자기 억제와 자기 질서 아래서 보지 않아도 될 소리는 듣지 말고, 읽지 않아도 좋을 것은 읽지 말며, 듣지 않아도 될 소리는 듣지 말고, 먹지 않아도 될 음식은 먹지 말아야 한다.

　그래서 될 수 있는 한 적게 보고, 적게 읽고, 적게 듣고, 적게 먹을수록 좋다. 그래야 인간이 덜 닳아지고 내 인생의 뜰이 덜 시든다. 보다 적은 것은 보다 풍요한 것이니까.

　행복의 조건은 결코 크거나 많거나 거창한 데 있지 않다.

　그것은 지극히 단순하고 소박한 데 있다.

　조그마한 일을 가지고도 우리는 얼마든지 행복해질 수 있다.

　조촐한 삶과 드높은 영혼을 지니고 자기 인생을 살 줄 안다면 우리는 어떤 상황 아래서라도 행복해질 수 있다.

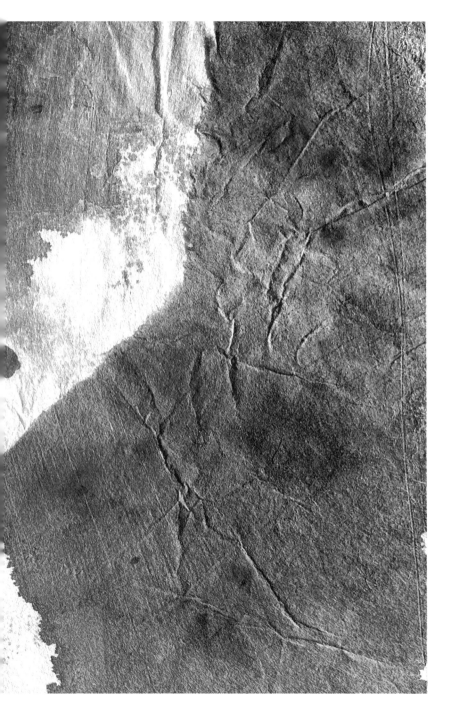

아름다운 마무리

오늘 오후 채소밭을 정리했다. 고랭지에 서리가 내리기 전에 오이넝쿨과 고춧대와 아욱대 등을 걷어냈다. 여름날 내 식탁에 먹을 것을 대주고 가꾸는 재미를 베풀어준 채소의 끝자락이 서리를 맞아 어둡게 시들어가는 것을 그대로 두는 것은 가꾸는 사람의 도리가 아니다. 그때그때 바로 그 자리에서 나 자신이 해야 할 도리와 의무와 책임을 다하는 것이 아름다운 마무리다.

아름다운 마무리는 삶에 대해 감사하게 여긴다. 내가 걸어온 길 말고는 나에게 다른 길이 없었음을 깨닫고 그 길이 나를 성장시켜주었음을 긍정한다. 자신에게 일어난 일들과 모든 과정의 의미를 이해하고 나에게 성장의 기회를 준 삶에 대해, 이 존재계에 대해 감사하는 것이 아름다운 마무리다.

아름다운 마무리는 처음의 마음으로 돌아가는 것이다. 일의 과정에서, 길의 도중에서 잃어버린 초심을 회복하는 것이다.

아름다운 마무리는 근원적인 물음, '나는 누구인가' 하고 묻는 것이다. 삶의 순간순간마다 '나는 어디로 가고 있는가?' 하는 물음에서 그때그때 마무리가 이루어진다. 그 물음은 본래 모습을 잃지 않는 중요한 자각이다.

아름다운 마무리는 내려놓음이다. 내려놓음은 일의 결과나 세상에서의 성공과 실패를 뛰어넘어 자신의 순수 존재에 이르는 내면의 연금술이다. 내려놓지 못할 때 마무리는 일어나지 않는다. 그것은 또 다른 윤회와 반복의 여지를 남긴다. 아름다운 마무리는 진정한 내려놓음에서 완성된다.

아름다운 마무리는 비움이다. 채움만을 위해 달려온 생각을 버리고 비움에 다가가는 것이다. 그러므로 아름다운 마무리는 비움이고 그 비움이 가져다주는 충만으로 자신을 채운다.

아름다운 마무리는 삶의 본질인 놀이를 회복하는 것. 심각함과 복잡한 생각을 내려놓고 천진과 순수로 돌아가 존재의 기쁨을 누린다.

아름다운 마무리는 지금이 바로 그때임을 안다. 과거나 미래의 어느 때가 아니라 지금 이 순간이 나에게 주어진 유일한 순간임을 안다. 아름다운 마무리는 지나간 모든 순간들과 기꺼이 작별하고 아직 오지 않는 순간들에 대해서는 미지 그대로 열어둔 채 지금 이 순간을 받아들인다.

또한 아름다운 마무리는 용서이고 이해이고 자비이다. 용서와 이해와 자비를 통해 자기 자신을 새롭게 일깨운다. 이유 없이 일어나는 일은 존재하지 않기 때문이다.

아름다운 마무리는 자연과 대지, 태양과 강, 나무와 풀을 돌아보고 내 안의 자연을 되찾는다. 궁극적으로 내가 기댈 곳은 오직 자연뿐임을 아는 마음이다.

아름다운 마무리는 개체인 나를 뛰어넘어 전체와 만난다. 눈앞의 이해관계에서 벗어나 나 자신이 세상의 한 부분이고 우리 모두는 서로 연결된 존재임을 깨닫는다.

아름다운 마무리는 나를 얽어매고 있는 구속과 생각들로부터 벗어나 자유로워지는 것. 삶의 예속물이 아니라 삶의 주체로서 거듭난다. 진정한 자유인에 이르는 것이야말로 아름다운 마무리다.

아름다운 마무리는 차 한 잔을 앞에 두고 그 향기와 맛과 빛깔을 조용히 음미한다. 그것은 삶에 새로운 향기와 빛을 부여하는 일이다.

아름다운 마무리는 스스로 가난과 간소함을 선택한다. 맑은 가난과 간소함으로 자신을 정신적 궁핍으로부터 바로 세우고 소유의 비좁은 감옥으로부터 해방시킨다.

아름다운 마무리는 또한 단순해지는 것. 하나만으로 만족할 줄 안다. 불필요한 것들과 거리를 둠으로써 자기 자신과 더욱 가까워진다. 필요한 것과 불필요한 것을 분명하게 가릴 줄 안다. 문명이 만들어낸 온갖 제품을 사용하면서 '어느 것이 진정으로 내 삶에 필요한가, 나는 이것들로 인해 진정으로 행복한가?' 하고 스스로에게 묻는다. 그리하여 불필요한 것들로부터 자유로워진다.

아름다운 마무리는 살아온 날들에 대해 찬사를 보내는 것. 타인의 상처를 치유하고 잃어버렸던 나를 찾는 것, 그리고 수많은 의존과 타성적인 관계에서 벗어나 홀로 서는 것이다.

그리고 아름다운 마무리는 언제든 떠날 채비를 갖춘다. 그어디 어느 것에도 얽매이지 않고 순례자나 여행자의 모습으로 산다. 우리 앞에 놓인 이 많은 우주의 선물도 그저 감사히 받아 쓸 뿐, 언제든 빈손으로 두고 떠날 수 있도록 준비한다.

머지않아 늦가을 서릿바람에 저토록 무성한 나뭇잎들도 무너져내릴 것이다. 그 빈 가지에 때가 오면 또다시 새잎이 돋아날 것이다. 아름다운 마무리는 낡은 생각, 낡은 습관을 미련 없이 떨쳐 버리고 새로운 존재로 거듭나는 것이다. 그러므로 아름다운 마무리는 끝이 아니라 새로운 시작이다.

"삶은 유희와 같다. 행복할 때는 행복에 매달리지 말라.

불행할 때는 이를 피하려 하지 말고 그냥 받아들이라."

차별이 없는 사랑

살아 있는 모든 것은 다 행복하라
태평하라
안락하라.

어떠한 생물일지라도
겁에 떨거나 강하고 굳세거나
그리고 긴 것이든 큰 것이든
중간치든 짧고 가는 것이든
또는 조잡하고 거대한 것이든

눈에 보이는 것이나 보이지 않는 것이나
멀리 또는 가까이 살고 있는 것이나

이미 태어난 것이나 앞으로 태어날 것이거나
모든 살아 있는 것은 다 행복하라.
마치 어머니가 목숨을 걸고 외아들을 아끼듯이
모든 살아 있는 것에 대해서
한량없는 자비심을 내라.

또한 온 세계에 대해서
한량없는 자비를 행하라
위아래로 또는 옆으로
장애와 원한과 적의가 없는 자비를 행하라.

서 있을 때나 길을 갈 때나

앉아 있을 때나 누워서 잠들지 않는 한

이 자비심을 굳게 가지라

이 세상에서는 이러한 상태를

신성한 경지[梵住]라 부른다.

자신에게 주어진 시간과 건강에 감사를

며칠 전 샌프란시스코의 한 병원에 들렀을 때, 거기서 본 광경이 하도 충격적인 것이어서 기억에서 지워지지 않는다. 콩코드 쪽에 있는 주 정부에서 운영하는 병원인데, 노쇠해서 기동이 부자유한 노인들만을 입원 치료하는 곳이었다. 입원 치료라고 말은 했지만, 그때의 내 느낌으로는 죽음의 문전에서 차례를 기다리는 병든 노인들의 수용소 같았다.

이 병원 문을 나서면서 새삼스럽게도 생로병사에 대해서 생각하지 않을 수 없었다. 이것은 결코 남의 일이 아닌 우리모두의 일이기 때문이다. 이 세상에 태어난 사람치고 늙지 않는 삶이 어디 있으며, 병들거나 죽지 않는 사람이 단 한 사람이라도 있던가.

사람은 시간과 건강이 주어졌을 때 잘 살아야 한다. 자신에게 주어진 시간과 건강에 우선 고마워할 줄을 알아야 한다. 얼마나 많은 사람들이 이 시간의 여유와 건강이 모자라 인생의 꽃과 열매를 펴보지도 거두지도 못한 채 사라져갔을 것인가.

막막한 병실에 갇혀 신음하면서 죽을 날만을 기다리는 그들에게 다시 시간과 건강이 주어진다면 그들은 되찾은 인생을 과연 어떻게 살까? 우리는 능히 짐작할 수 있다. 오늘 우리처럼 무자각 상태에서 살지는 않을 것이다. 모처럼 주어진 시간과 건강을 금쪽같이 아끼면서 보다 값있고 보람 있게 쓸 것이다. 이토록 소중하고 귀한 시간과 건강을 무의미하게 함부로 탕진하지는 않을 것이다.

우리에게 지금 주어진 이 시간과 건강을 제대로 쓸 줄 모른다면, 인생에 큰 빚을 남기겠다는 생각이 병원을 다녀온 후에도 그림자처럼 나를 따라다녔다.

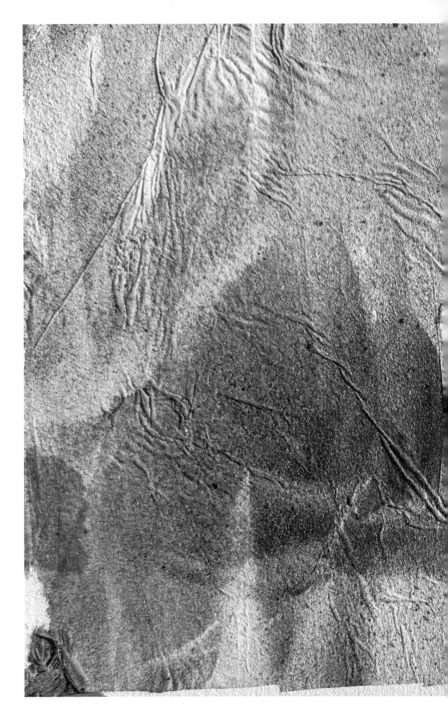

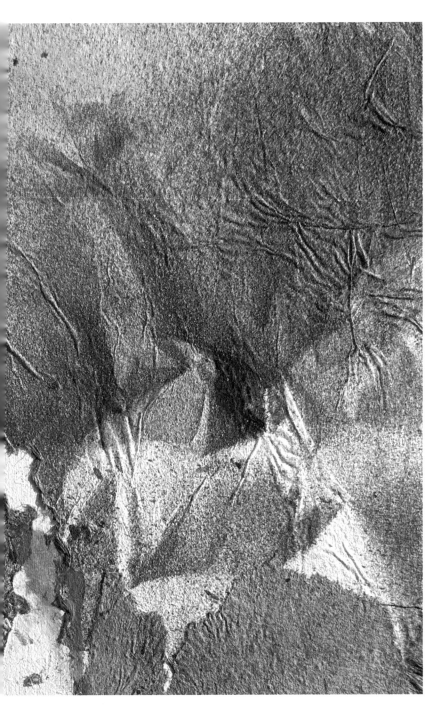

나고 죽는 일

사람은 홀로 태어났다가 홀로 죽는다.

다른 일이라면 남에게 대행시킬 수도 있지만, 나고 죽는 일
만은 그럴 수가 없다.

오로지 혼자서 받아들이지 않으면 안 된다.

그러니 우리는 저마다 자기 몫의 삶에 그만큼 책임을 지고
있는 것이다.

자기 존재의 빛깔과 무게를 혼자서 감내하지 않으면 안 된다.

마음의 안정

사람은 저마다 자기 빛깔과 특성을 지니고 있으므로 자기 자신답게 살려면 그 빛깔과 특성을 마음껏 드러내야 한다. 그래야 사회적인 존재로서 그 조화를 이루게 된다. 그런데 대개의 사람들은 자신의 특성은 묵혀둔 채 자꾸만 남을 닮으려고 한다. 이것은 오늘의 교육제도와 사회적인 인습에도 문제가 있지만, 자신을 망각한 그 사람 자신에게 보다 큰 허물이 있을 것이다.

자기 특성을 마음껏 발휘하면서 어떤 일에 전념할 때 우리들의 마음은 온갖 근심 걱정에서 벗어나, 가장 투명하고 평온해진다. 이런 상태가 곧 마음의 안정이다.

타성의 늪

　자신의 삶이 무료하고 삭막하고 타성의 늪에서 허우적거릴 때 삶의 공간을 개조해보는 것은 새로운 탄력과 리듬을 불러 일으킬 수 있다. 저마다 자기 삶의 무게를 지니고 살듯이 자신의 삶도 자기 자신이 나서서 개선하지 않으면 안 된다. 그런 의미에서 사람은 고단하고 조금은 외로운 그런 존재다.

곁가지

　나무의 가지치기 일을 지켜보면서, 우리들의 복잡한 일상 생활에서도 불필요한 곁가지는 미련 없이 잘라내야 하지 않을까 하는 생각이 들었다. 얽히고설킨 곁가지 때문에 삶의 줄기가 제대로 펼쳐질 수 없다면 한때의 아픔을 이기고서라도 용단을 내려 절단을 해야 한다.

　그러기 위해서는 우선 주관적인 틀에 박힌 고정관념부터 잘라내야 한다. 자신의 삶을 객관적인 입장에서 비춰보지 않고서는 전체의 조화를 이루기 어렵다. 그리고 자신의 삶이 지금 어디까지 와 있고, 어디에 걸려서 앓고 있는지 살펴볼 수 있어야 한다. 오늘의 삶이 어제의 삶보다 가치를 부여할 만한 것인지도 스스로 물어보아야 한다.

시간의 여유

모든 것은 시간이 해결해준다는 말이 있다. 우리가 세상을 살아가는 일도, 죽는 일도 그 시간에 속하기 때문일 것이다. 하지만 시간에 대한 관념에서 벗어나 시곗바늘에 의존하지 않으면 순간순간을 보다 알차게 보낼 수 있다. 시간에 쫓기지 않고 초조해하지도 말고 시간 밖에 있는 무한한 세계에 눈을 돌리면 그 어떤 시간에건 여유를 지니고 의젓해질 수 있다는 소리이다.

세상살이에 경험이 많은 지혜로운 노인은 어떤 어려운 일에 부딪칠 때마다 급히 서두르지 말고 좀 더 기다리라고 일러준다. 한 고비가 지나면 좋은 일이 됐건 언짢은 일이 됐건 안팎의 사정이 달라지는 수가 많다. 노인들은 풍진세상을 살아오는 과정에서 시간의 비밀을 터득했기 때문이다.

사람의 머리로는 해결할 수 없는 문제를 시간은 가끔 해결해주는 수가 있다. 그래서 참는 것이 덕이란 말도 있지 않은가. 지금 당장 해결하기 어려운 문제는 우선 하룻밤 푹 자고 나서 다음 날 다시 생각해보는 것이 좋다. 해결하기 어려운 문제일수록 조급히 해결해버리려고 서두르지 말고, 한 걸음 물러서서 조용히 이모저모를 살펴보는 것이 지혜로운 해결책이 될 것이다.

"살아 있는 모든 것은 다 행복하라.

태평하라. 안락하라."

스스로 하늘 냄새를 지닌 사람

진정한 만남은 상호 간의 눈뜸이다.

영혼의 진동이 없으면 그건 만남이 아니라 한때의 마주침
이다.

그런 만남을 위해서는 자기 자신을 끝없이 가꾸고 다스려
야 한다.

좋은 친구를 만나려면 먼저 나 자신이 좋은 친구감이 되어
야 한다.

왜냐하면 친구란 내 부름에 대한 응답이기 때문이다.

끼리끼리 어울린다는 말도 여기에 근거를 두고 있다.

이런 시구가 있다.

사람이 하늘처럼 맑아 보일 때가 있다.

그때 나는 그 사람에게서

하늘 냄새를 맡는다…….

사람한테서 하늘 냄새를 맡아본 적이 있는가.

스스로 하늘 냄새를 지닌 사람만이 그런 냄새를 맡을 수 있

을 것이다.

인생에서 가장 큰 보배

행복은 더 말할 것도 없이 절제에 뿌리를 두고 있다. 생각이나 행동에 있어서 지나친 것은 행복을 침식한다. 사람끼리 만나는 일에도 이런 절제가 있어야 한다.

행복이란 말 자체가 사랑이란 표현처럼 범속으로 전락한 세태이지만, 그렇다 하더라도 행복이란, 가슴속에 사랑을 채움으로써 오는 것이고, 신뢰와 희망으로부터 오고, 따뜻한 마음을 나누는 데서 움이 튼다.

그러니 따뜻한 마음이 고였을 때, 그리움이 가득 넘치려고 할 때, 영혼의 향기가 배어 있을 때 친구도 만나야 한다. 습관적으로 만나면 우정도 행복도 쌓이지 않는다.

혹시 이런 경험은 없는가.

텃밭에서 이슬이 내려앉은 애호박을 보았을 때, 친구한테

따서 보내주고 싶은 그런 생각 말이다. 혹은 들길이나 산길을 거닐다가 청초하게 피어 있는 들꽃과 마주쳤을 때. 그 아름다움의 설렘을 친구에게 전해주고 싶은 그런 경험은 없는가.

이런 마음을 지닌 사람은 멀리 떨어져 있어도 영혼의 그림자처럼 함께할 수 있어 좋은 친구일 것이다. 좋은 친구는 인생에서 가장 큰 보배이다. 친구를 통해서 삶의 바탕을 가꾸라.

홀로 사는 사람

　사람은 본질적으로 홀로일 수밖에 없는 존재다. 이 세상에 올 때도 홀로 왔고 살 만큼 살다가 떠날 때도 홀로 간다. 가까운 사람끼리 함께 어울려 살면서도 생각은 저마다 다르다. 사람의 얼굴이 각기 다르듯 삶의 바탕을 이루고 있는 업이 서로 다르기 때문이다.

　홀로 사는 사람들은 진흙에 더럽히지 않는 연꽃처럼 살려고 한다. 홀로 있을 때 전체인 자기의 있음이고, 누구와 함께 있을 때 그는 부분적인 자기이다.

　홀로 사는 사람은 고독할 수는 있어도 고립되어서는 안 된다. 고독에는 관계가 따르지만, 고립에는 관계가 따르지 않는

다. 모든 살아 있는 존재는 관계 속에서 거듭거듭 형성되어
간다.

홀로 있을수록 함께 있으려면 먼저 '자기 관리'가 철저해야
한다. 자기 관리를 소홀히 하면 그 누구를 물을 것 없이 그 인
생은 추해지게 마련이다.

이웃의 행복이 곧 내 행복

돌이켜보면 행복의 조건은 여기저기 무수히 놓여 있다.

먹고사는 일상적인 일에 매달려 정신을 빼앗기고 지내느라고 참된 자기의 모습을 까맣게 잊어버렸다.

우리가 이 풍진 세상을 무엇 때문에 사는지, 어떻게 사는 것이 내 몫의 삶인지를 망각한 채 하루하루를 덧없이 흘려보냈다.

내가 행복해지고 싶다면 이것저것 챙기면서 거두어들이는 일을 우선 멈추어야 한다.

지금 차지하고 있는 것과 지닌 것만으로도 얼마든지 행복해질 수 있다.

행복은 밖에서 오는 것이 아니라 우리 마음에서 꽃처럼 피어난다.

내가 행복해지려면 먼저 내 이웃을 행복하게 해줘야 한다.

이웃과 나는 한배를 탄 공동운명체이기 때문에 이웃의 행복이 곧 내 행복으로 이어진다.

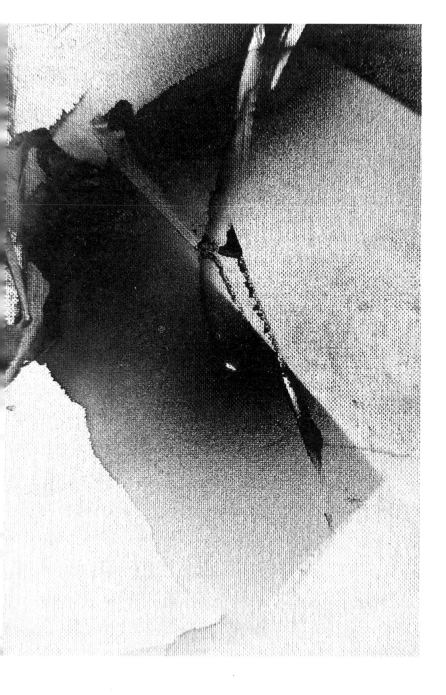

삶의 향기

소욕지족少欲知足, 작은 것과 적은 것으로 만족할 줄 알아야 한다.

우리가 누리는 행복은 크고 많은 것에서 보다 작은 것과 적은 것 속에 있다.

크고 많은 것만을 원하면 그 욕망을 채울 길이 없다.

작은 것과 적은 것 속에 삶의 향기인 아름다움과 고마움이 스며 있다.

시작이 있는 것은 반드시 그 끝이 있다.

오늘의 어려움을 재충전의 뜻으로 받아들인다면, 우리는 우리가 지닌 무한한 잠재력을 일깨울 수 있다.

오르막이 있으면 반드시 내리막이 있는 법이고, 낡은 문이 닫히면 새 문이 열리게 마련이다. 얼어붙은 대지에 봄이 움트듯이 좌절하지 말고 희망의 씨를 뿌리자.

인간의 행복

인간의 이상은 더 말할 것도 없이 안팎으로 행복하게 사는 데 있다.

어떻게 사는 것이 행복한 삶인지 그 가치척도에 따라 그 형태는 달라진다.

적게 가지고도 즐겁게 살기도 하고,

많이 가지고 있으면서도 행복하지 못하게 사는 사람들이 우리 이웃에는 얼마든지 있다.

아니, 이웃으로 눈을 돌릴 게 아니라 바로 지금 나 자신의 삶은 어떤지 되돌아볼 일이다.

인간의 행복은 물질적인 생산과 소비의 많고 적음에 있지 않다는 사실만은 확실하다.

사람과 사람 사이.

인간과 자연 사이의 친숙하고 조화로운 관계에 의해서 행복은 보증된다.

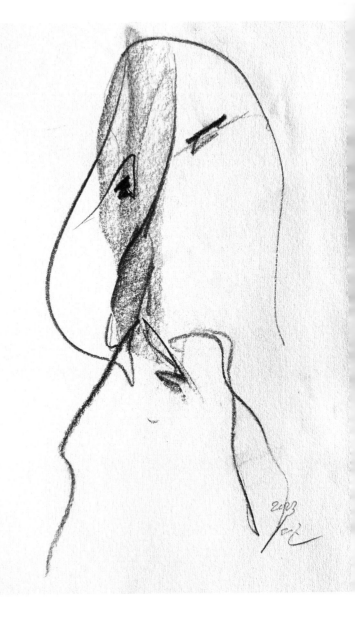

2
고요 속에서 들리는 소리

많은 사람들이
열렬히 찾고 있지만,
침묵 속에 머무는 사람만이
그것을 발견한다.

침묵의 세계

"수행자는 말을 하려고 할 때 먼저 세 번 돌이켜보아, 자기 자신이나 남에게 득이 된다면 말을 하라. 그러나 자신과 남에게 득이 되지 않는다면 입을 열지 말라."

옛 선사의 말씀이다.

수도는 침묵의 세계이기 때문에 될 수 있는 한 말이 없어야 한다.

왜냐하면 우리들이 일상에서 하는 말을 살펴보면, 쓸 말보다는 불필요하고 쓸데없는 말을 남발하는 경우가 많기 때문이다.

말을 하지 않아서 후회되는 일보다는 말을 했기 때문에 후회되는 일이 얼마나 많은가.

침묵하라 그리고 말하라

침묵은 인간의 기본적인 존재 양식이다. 태초에 침묵이 있었다. 언젠가 명동에 있는 가톨릭 여학생관에서 무슨 강론이 있었는데, 그때 나는 가벼운 기분으로 이렇게 말한 적이 있다. 내가 만일 성서를 편찬했다면 태초에 말씀이 계시기 전에 무거운 침묵이 있었노라고 기록했을 것이라고. 그러자 어떤 남자 신도가 불쑥 일어나더니 그게 아니라며 태초에 말씀이 있어야 한다고 주장하는 것이었다.

인간의 혼을 울릴 수 있는 말씀이라면 무거운 침묵이 배경이 되어야 한다. 침묵은 모든 삼라만상의 기본적인 존재 양식이다. 나무든 짐승이든 사람이든 그 배경엔 늘 침묵이 있다. 침묵을 바탕으로 해서 거기서 움이 트고 잎이 피고 꽃과 열매가 맺는다.

우리는 안에 있는 것을 늘 밖에서만 찾으려고 한다. 침묵은 밖에서만 있는 것이 아니다. 어떤 특정한 시간이나 공간에 고여 있는 것이 아니다. 그것은 늘 내 안에 잠재되어 있다.

따라서 밖으로 쳐다보려고만 해서는 안 된다. 안으로 들여다보는 데서 침묵은 자기 정화의, 또는 자기 질서의 지름길이다. 온갖 소음으로부터 우리 영혼을 지키려면 침묵의 의미를 몸에 익혀야 한다.

잡다한 정보와 지식의 소음에서 해방되려면 우선 침묵의 의미를 알아야 한다. 침묵의 의미를 알지 못하고는 그런 복잡한 얽힘에서 벗어날 길이 없다. 나 자신의 침묵의 세계로 들어가봐야 한다. 우리가 얼마나 일상적으로 불필요한 말을 많이 하는가. 의미 없는 말을 하루 동안 수없이 남발하고 있다. 친구를 만나서 얘기할 때 유익한 말보다는 하지 않아도 될 말들을 얼마나 많이 하는가.

　말은 가능한 한 적게 해야 한다. 한 마디로 충분할 때는 두 마디를 피해야 한다. 인류 역사상 사람답게 살다 간 사람들은 모두가 한결같이 침묵과 고독을 사랑한 사람들이었다. 그렇지 않아도 시끄러운 세상을 우리들 자신마저 소음이 되어 시끄럽게 할 필요는 없는 것이다.

　많은 사람들이 열심히 찾고 있지만 침묵 속에 머무는 사람만이 발견한다. 많은 말을 즐기는 사람은 누구를 막론하고, 그가 비록 경탄할 만한 것을 말한다 할지라도 내부는 비어 있다.

말이 적은 사람, 침묵을 소중히 여길 줄 아는 사람에게 신뢰가 간다. 초면이든 구면이든 말이 많은 사람한테는 신뢰가 가지 않는다. 나도 이제 가끔 많은 사람들을 만나게 되는데 말수가 적은 사람들한테는 오히려 내가 내 마음을 활짝 열어 보이고 싶어진다.

사실 인간과 인간의 만남에서 말은 그렇게 중요하지 않다. 꼭 필요한 말만 할 수 있어야 한다. 안으로 말이 여물도록 인내하지 못하기 때문에 밖으로 쏟아내고 마는 것이다. 이것은 하나의 습관이다. 생각이 떠오른다고 해서 불쑥 말해버리면 안에서 여무는 것이 없다. 그렇기 때문에 그 내면은 비어 있다. 말의 의미가 안에서 여물도록 침묵의 여과기에서 걸러 받을 수 있어야 한다.

불교 경전은 말하고 있다. 입에 말이 적으면 어리석음이 지혜로 바뀐다고. 말하고 싶은 충동을 참을 수 있어야 한다. 생각을 전부 말해버리면 말의 의미가, 말의 무게가 여물지 않는다. 말의 무게가 없는 언어는 상대방에게 메아리가 없다.

오늘날 인간의 말이 소음으로 전락한 것은 침묵을 배경으로 하지 않기 때문이다. 말이 소음과 다름없이 다루어지고 있기 때문이다. 우리들은 말을 안 해서 후회되는 일보다도 말을 해버렸기 때문에 후회되는 일이 얼마나 많은가.

침묵을 사랑하라

입에 말이 적으면 어리석음이 지혜로 바뀐다. 입은 재앙의 문이기도 하므로 엄하게 지켜야 한다. 승찬 대사의 『신심명信心銘』에는 이런 구절이 있다.

"말이 많고 생각이 많으면 진리에서 점점 멀어진다. 말과 생각이 끊어지면 어느 곳엔들 통하지 않으랴."

가톨릭의 사제인 토머스 머튼은 그의 『관상觀想 기도』에서 다음과 같이 말하고 있다.

"침묵으로 성인들이 성장했고, 침묵에 의해 하느님의 능력이 그들 안에 머물렀으며, 침묵으로 말미암아 하느님의 신비가 그들에게 알려졌다."

"많은 사람들이 열심히 찾고 있지만 침묵 속에 머무는 사람만이 발견한다."

"많은 말을 즐기는 사람은 누구를 막론하고, 그가 비록 경탄할 만한 것을 말한다 할지라도 내부는 비어 있다. 무엇보다도 침묵을 사랑하라. 침묵은 입으로 표현할 수 없는 열매를 너희들에게 가져다줄 것이다."

마하트마 간디는 매주 월요일을 침묵의 날로 지냈다.

그는 이렇게 말한다.

"진리의 숭배자에게는 침묵이 정신 훈련의 한 부분이다."

"먼저 생각하라. 그런 뒤에 말하라. 이제 그만하라는 말을 듣기 전에 그쳐라."

"사람이 짐승보다 높은 것은 말할 능력을 가졌기 때문이다. 그러나 이것을 부당하게 행사한다면 사람은 짐승보다 못하다."

"내 생의 순간마다 나는 침묵이 최대의 웅변임을 인식한다. 부득이 말해야 한다면, 가능한 한 적게 하라. 한 마디로 충분할 때는 두 마디를 피하라."

침묵의 눈

선가에 '목격전수目擊傳授'라는 말이 있다. 입 벌려 말하지 않고 눈끼리 마주칠 때 전할 것을 전해준다는 뜻이다. 사람끼리 가까워지고 멀어지는 것도 사실은 언어 이전의 눈길을 통해서 이루어진다. 말은 설명하고 해설하고, 또 주석을 달아야 하는 번거로움과 시끄러움이 따르지만, 눈은 그럴 필요가 없다. 마주 보면 이내 알아차릴 수 있고, 마음속까지도 훤히 들여다볼 수 있다. 그래서 가까운 사이는 소리내는 말보다도 오히려 침묵의 눈으로 뜻을 전하고 받아들인다.

그렇다 하더라도 눈은 어디까지나 '창문'에 지나지 않는다. 사물을 이해하고 판단하는 것은 눈이 아니라 마음이다. 마음의 빛이 눈으로 나타날 뿐, 그렇기 때문에 창문인 그 눈을 통해 우리들은 그 사람의 실체를 파악하려는 것이다.

오늘날 사람들의 눈길에서 우리는 희망보다는 절망을 느끼는 경우가 더러 있다. 무엇을 생각하는지 초점을 잃고 몽롱하게 흐려 있는 눈, 출세를 위해 약삭빠르게 처신하느라고 노상 흘깃흘깃 곁눈질을 하는 눈, 앉은 자리가 편치 않음인지 불안하고 초조해하는 눈, 자기 뜻에 거슬리면 잡아먹을 듯 살기등등한 그런 눈을 대할 때 우리는 살맛을 잃는다.

　부와 권력을 가진 자들의 오만하고 차디찬 눈초리는 그래도 견뎌낼 수 있다. 하지만 억울한 일을 당하고도 어디에 호소할 길마저 없는 사람들의 그 불행한 눈만은 도저히 견뎌낼 수가 없다. 하늘을 바라보고 땅을 굽어보는 그 눈이 우리들의 양심을 찌르고 있기 때문이다. 실컷 부림을 당하다가 아무 죄도 없이 죽으러 가는 소의 억울하고 슬픈 그 눈을 보라. 그러나 쇠고기 없이는 밥을 못 먹는 사람들은 그 눈이 표현하고 있는 생명의 절규를 읽어내지 못한다. 나만 맛있게 잘 먹고 잘 살면 그만이니까.

생텍쥐페리의 『인간의 대지』에서 조종사인 한 사나이는 비행기 사고로 조난을 당한다. 그는 영하 40도의 추위 속에서 먹지도 못한 채 며칠을 걷다가 쓰러져 가물가물 사경을 헤맨다. 그때 문득 아내의 얼굴이, 동료들의 얼굴이 떠오른다. 라디오 앞에서 자기가 살아 돌아오기를 애타게 기다리고 있는 그 눈들이 떠오르자, 이제는 자기 자신이 구제의 대상이 아니라 자기를 기다리며 떨고 있는 그 눈들을 구해줘야 한다는 생각으로 바뀐다. 그들의 슬픔과 기쁨이 자기 손에 달린 것이다. 이렇게 해서 그는 마침내 그들 곁으로 돌아간다. 아내와 친구들의 맑은 눈이 그를 살려낸 것이다.

맑고 선량하고 고요한, 그래서 조금은 슬프게 보이는 눈이 우리 곁에 있다는 것은 하나의 구원일 수 있다.

10여 년 전 산길에서 우연히 마주친 한 수녀님의 눈을 나는 두고두고 잊을 수가 없다. 그 눈길과 마주쳤을 때 내 안에서는 전율 같은 것이 일어났다.

그것은 아득한 전생부터 길이 들어온 침묵의 눈이었다. 그 눈은 밖으로 내닫기만 하는 현대 여성의 들뜬 눈이 아니라, 자기 자신을 안으로 다스리는 맑고 고요한 수행자의 눈이었다. 진실한 수행자의 눈은 안으로 열려 있다. 내면의 길을 통해 사물과 현상 너머의 일까지도 멀리 내다볼 줄 안다.

그때의 그 눈길이 때때로 나 자신을 맑게 정화시켜주고 있

다. 영원한 여성이 우리를 이끌어 올린다는 말은 조금도 빈말
이 아닐 것 같다.

"침묵은 인간이 자기 자신이 되는 길이다.

　　　　아름다운 음악은 침묵 속에서 찾아낸 가락이고,

뛰어난 조각 또한 침묵의 돌덩이에서 쪼아낸 형상이다."

자연의 소리

　자연의 소리는 조금도 방해되거나 시끄럽지 않다. 사람들의 떠드는 소리는 같은 사람으로서도 듣기가 역겨운데 자연의 소리는 귀에 거슬리지 않는다. 그것은 그 자체가 우주적인 조화를 이루고 있기 때문일 것이다. 그렇다면 인간도 우주적인 조화 속에서는 인간일 수 있지만, 그 조화를 깨뜨리면 비인간으로 굴러떨어지고 말 것이다.

우리는 무엇을 믿습니까?

우리가 믿는 종교나 신앙이 절에만 있는 것은 아닙니다. 성당이나 교회에 있는 것도 아닙니다. 부처님이나 하느님이 법당이나 교회에 있나요? 법당이나 교회에 있는 것은 불상이건 십자가이건 그것은 한낱 형상에 지나지 않습니다. 또 법당이 절에만 있나요? 부처님이 계시고 법이 있는 곳이면 어디나 법당 아니겠습니까.

그럼에도 불구하고 우리가 절이나 교회를 찾아가는 것은 그런 곳에서 그 길을 가르치기 때문입니다. 어떤 것이 참이고 거짓인지를 가르쳐주기 때문입니다. 그렇지만 오늘날의 교회와 절은 다분히 상업주의에 오염되어 본래의 기능을 잃어가고 있는 현실입니다.

우리는 무엇을 믿습니까?

부처님? 신? 하느님? 이것은 또 얼마나 관념적이고 개념
화된 이름입니까. 이런 메마른 관념과 개념에 얽매여, 살아
있는 참 부처님과 신을 보지 못하고 있는 것은 아닐까요. 관
념화되고 개념화된 '머리의 종교'는 공허한 이론에 지나지 않
습니다. 삶이 약동하는 '가슴의 종교'만이 우리들의 영혼을
구제할 수 있습니다.

그럼 부처님과 신은 어디에 존재하나요? 마음 밖에서 찾으
려고 하지 마십시오. 마음 밖에 있는 것은 모두가 허상입니다.

분명히 새겨두십시오. 불교는 부처님을 믿는 종교가 아닙
니다. 인간관계를 비롯한 우주질서와 존재의 실상을 철저히
인식하고 본래의 자아에 눈떠 온전한 사람이 되는 길입니다.

온전한 사람이 되려면 무엇보다도 먼저 자기 자신을 알아

야 합니다. 자기 자신을 알고자 한다면 스스로를 면밀히 지켜보십시오. 자신의 생각과 말씨, 혹은 걸음걸이와 먹는 태도, 운전 습관, 그리고 남을 미워하고 시기하는 그 마음을 자세히 살펴보십시오. 마음의 움직임을 살피는 이 과정에서 순간순간 삶의 실체를 발견하게 될 것입니다. 안으로 살피고 지켜보는 일이 없다면 우리들의 마음은 거친 황무지가 되고 말 것입니다.

침묵의 배경

날씨가 개니 밤이면 숲속에서 여기저기 반딧불이 날고 있다.

우리들의 삶도 잠시 반짝이다가 사라지는 저 반딧불과 같은 존재가 아닐까 싶다.

밤하늘 아래서 귀를 기울이고 있으면

우주는 두꺼운 침묵으로 이루어진 커다란 생명체처럼 여겨진다.

침묵은 근원적인 현상이다.

침묵은 온갖 이해관계를 넘어선 평화다.

그리고 이 침묵 속에서 인간은 과거와 미래의 세대로 이어져 있음을 확인할 수 있다.

따라서 인간의 말은 이 침묵을 배경으로 이루어져야 우주적인 메아리를 가져올 수 있다.

그러나 오늘날 우리들이 주고받는 대화는

　　이 침묵을 배경 삼지 않기 때문에 대개가 시끄러운 소음

으로 그저 떠들어대고만 있는 것 같다.

적게 말할수록 깊어진다

말을 가지고 살아가는 사람일수록 침묵에 귀 기울이는 시간을 가질 필요가 있다.

인간의 말이 소음으로 전락하지 않으려면 침묵의 대지에 말의 씨앗을 뿌려, 움이 트고 잎이 피고 꽃이 피고 열매가 맺도록 해야 한다.

'언어는 존재의 집'이라고 말한 철학자도 있지만, 우리들이 쓰는 말이 존재의 집이 되려면 깊이 생각한 끝에 될 수 있는 한 적게 말해야 한다.

스위스의 철학자 막스 피카르트는 그의 『침묵의 세계』에서 이런 말을 하고 있다.

"두 사람이 서로 말을 주고받을 때 거기에는 항상 그것을 듣는 제삼자가 있는데, 이 제삼자가 곧 침묵이다."

말과 침묵

　말보다는 침묵이 더욱 귀하게 여겨질 때 입 다물고 침잠하고 싶어집니다. 말이 의사표시의 하나이듯이 침묵도 또한 의사 표시의 한 방법입니다. 말과 침묵의 상관관계 안에서 자기 자신을 들여다보는 일은 삶의 내밀한 오솔길이기도 합니다.

침묵은 인간이 자기 자신이 되는 길

　말이 많고 시끄러운 세상에서 사느라고 제정신을 가눌 수 없는 우리들은 하루 한때라도 침묵에 기댈 수 있어야 한다. 침묵에 기댐으로써 겹겹으로 닫힌 우리들 자신이 조금씩 열릴 수 있다. 태초에 말씀이 있기 전에 무거운 침묵이 있었다는 사실을 상기할 필요가 있다.

　아름다운 음악은 침묵 속에서 찾아낸 가락이고, 뛰어난 조각 또한 침묵의 돌덩이에서 쪼아낸 형상이다.

　침묵은 인간이 자기 자신이 되는 길이다. 우리가 무엇이 되기 위해서는 땅속에서 삭는 씨앗의 침묵이 따라야 한다. 지금 우리가 어떤 종류의 사람인가는 우리들 자신이 그렇게 만들어온 것이다. 겨울은 밖으로 헛눈 팔지 않고 안으로 귀 기울이면서 여무는 계절이 되어야 한다.

　머지않아 우리들에게 육신의 나이가 하나씩 더 보태질 때 정신의 나이도 하나씩 보태질 수 있도록…….

"침묵 속에서 자기 자신을 지켜보는 일,

그것이 바로 내면의 정화이며 진짜 공부입니다."

소리 없는 소리

입 벌려 말하기보다 입 다물고 잠잠히 있을 때 삶의 밀도 같은 것을 느낄 경우가 더러 있습니다. 경험에 따르면, 쓰는 일보다는 읽는 일이 더 즐겁고, 읽는 일보다는 이만큼에서 바라보며 생각을 안으로 거두어들이는 일이 더 즐겁습니다.

가득 차 있는 것보다도 오히려 텅 빈 데서 존재의 알맹이를 보게 되고, 밖으로 드러난 현상에 눈을 팔기보다 소리 없는 소리에 귀 기울이고 있을 때 우주와 나는 하나가 될 수 있습니다.

마음에 따르지 말고 마음의 주인이 되라

내 삶에 성이 차지 않을 때 나는 입을 다뭅니다. 밖으로 향했던 관심과 시선을 안으로 돌립니다. 묵은 밭을 일구듯이 내 속뜰을 다시 경작합니다. 벽을 향해 허리를 곧추세우고 묵묵히 앉아 있으면 마음이 참 편안합니다. 마음의 바다에 부침하는 사물들을 지켜보면서 스스로를 텅텅 비워버려야 새로운 메아리가 울려옵니다.

안으로 시선을 돌리면 모든 것이 하나로 이어져 있음을 확인하게 됩니다. 그래서 그 하나의 세계에 마음을 쓰고 그것을 두둔하게 되지요. 이 세상 모든 것이 우리 마음에 매인 것임을 알아차릴 수 있습니다.

내 마음이 천당도 만들고 지옥도 만듭니다. 우리 마음이 우리들의 삶을 풍성하게 할 수도 있고 가난하게 할 수도 있습니다. 순간순간 사는 일이 즐거움일 수도 있고 견디기 어려운 고통일 수도 있습니다. 그러니 우리를 주재하는 것은 그 어떤 외부적인 존재가 아니라 바로 우리 마음입니다.

그 마음이 불안정하면 모든 것이 불안정해지고 맙니다. 내가 하는 일과 대인관계도 마찬가지입니다. 그래서 옛 성인들은 말하기를, 마음에 따르지 말고 마음의 주인이 되라고 한 것입니다.

사람은 홀로일 수밖에 없는 개별적인 존재입니다. 그러나 다른 한편, 어울려 살지 않을 수 없는 사회적인 존재이기도 하지요. 서로가 기대고 의지하면서 얽혀 있습니다. 기쁨과 슬픔을 함께 나누면서 살아가는 서로서로의 이웃입니다.

"침묵은 온갖 이해관계를 넘어선 평화입니다.

이 침묵 속에서 인간은 과거와 미래의 세대로 이어져 있음을

확인할 수 있습니다."

듣지 않으면 만남도 없다

요즘 우리는 남의 말에 귀 기울이기보다는 자기 말만을 내세우려고 한다.

언어의 겸손을 상실한 것이다.

잘 들을 줄 모르는 사람과는 좋은 만남을 갖기 어렵다.

다른 사람에게도 말할 기회를 주어야 한다.

이 또한 과속에서 온 나쁜 습관이다.

열린 마음으로 귀 기울이고 바라봄

명상은 열린 마음으로 귀 기울이고 바라봄이다. 이 생각 저 생각으로 뒤끓는 번뇌를 내려놓고, 빛과 소리에 무심히 마음을 열고 있으면 잔잔한 평안과 기쁨이 그 안에 깃들게 된다. 제대로 명상의 세계에 들어가려면 무엇보다도 긴장감을 풀어야 한다. 전통적인 선원에서는 흔히 그 긴장감 때문에 선정삼매에 들지 못하는 경우가 허다하다.

더욱이 '깨달음'에 대한 강박관념으로 인해 깨달음과는 점점 멀어진다. 마치 물속에 있으면서 목말라하는 격이다. 깨달음은 어디서 오는가. 그것은 밖에서 오는 것이 아니라 안에서 꽃 피어남이다. 지적 호기심의 차원에서 벗어나 영적 탐구의 차원으로 심화됨이 없다면 깨달음은 결코 꽃 피어나지 않는다.

몸소 종교적인 삶을 살지는 않으면서 그것에 대해서 말로만 늘어놓으면 자신이나 타인에게 득이 될 것은 아무것도 없다. 사실 말이란(글도 마찬가지) 시끄러운 것이고 공허한 것이다. 우리들이 주고받는 말의 실체를 들여다보면, 여기저기서 얻어듣거나 주워 모은 관념의 찌꺼기들이다. 그러나 진정한 앎은 말 이전의 침묵에서 그 움이 튼다.

종교적인 삶을 이루고자 하는 사람들은 무엇보다도 먼저 말을 절제해야 한다. 말하고자 하는 욕망을 억제해야 한다. 말이 많은 사람들은 안으로 생각하는 기능이 약하다는 것이 그 반증이다. 말이 많은 사람에게 신뢰감이 가지 않는 것은 그의 내면이 허술하기 때문이고 또한 행동보다 말을 앞세우기 때문이다.

우리는 말하기 전에 주의 깊게 생각하는 습관부터 길러야한다. 말하는 것보다는 귀 기울여 듣는 데 익숙해야 한다. 말의 충동에 놀아나지 않고 안으로 곰곰이 돌이켜 생각하면, 그안에 지혜와 평안이 있음을 그때마다 알아차리게 될 것이다.

　　말을 아끼려면 될 수 있는 한 타인의 일에 참견하지 말아야한다. 어떤 일을 두고 아무 생각 없이 무책임하게 제삼자에대해서 험담을 늘어놓는 것은 나쁜 버릇이고 악덕이다.

"많은 말을 즐기는 자는 누구를 막론하고,

그가 비록 경탄할 만한 것을 말한다 할지라도 내부는 비어 있다.

무엇보다도 침묵을 사랑하라."

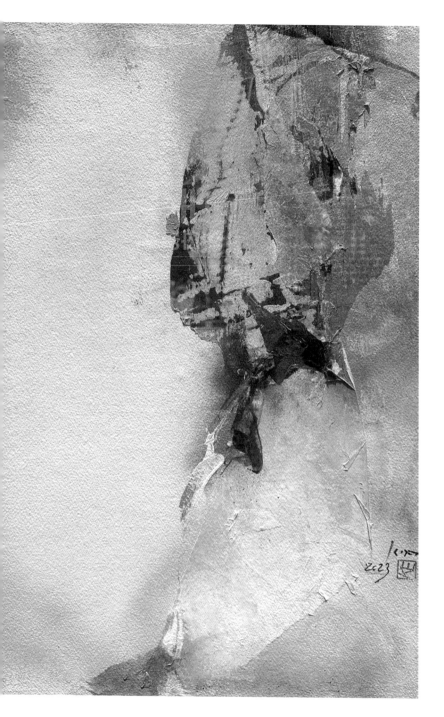

침묵의 의미

현대는 말이 참 많은 시대다. 먹고 뱉어내는 것이 입의 기능이긴 하지만, 오늘의 입은 불필요한 말들을 뱉어내느라고 그 어느 때보다도 많은 수고를 하고 있다. 이전에는 사람끼리 마주 보며 말을 나누었는데, 전자매체가 나오면서는 혼자서도 얼마든지 지껄일 수 있게 되었다.

말이 많으면 쓸 말이 별로 없다는 것이 우리들의 경험이다. 하루하루 나 자신의 입에서 토해지는 말을 홀로 있는 시간에 달아 보면 대부분 하잘것없는 소음이다. 사람이 해야 할 말이란 꼭 필요한 말이거나 '참말'이어야 할 텐데 불필요한 말과 거짓말이 태반인 것을 보면 우울하다. 시시한 말을 하고 나면 내 안에 있는 빛이 조금씩 새어나가는 것 같아 말끝이 늘 허

전하다.

말이란 늘 오해를 동반하게 된다. 똑같은 개념을 지닌 말을 가지고서도 의사소통이 잘 안 되는 것은 서로가 말 뒤에 숨은 뜻을 모르기 때문이다. 엄마들이 아가의 서투른 말을 이내 알아들을 수 있는 것은 말소리보다 뜻에 귀 기울이기 때문이다. 이렇듯 사랑은 침묵 속에서 이루어진다.

사실 침묵을 배경 삼지 않는 말은 소음이나 다를 게 없다. 생각 없이 불쑥불쑥 함부로 내뱉는 말을 주워보면 우리는 말과 소음의 한계를 알 수 있다. 오늘날 우리들의 입에서 토해지는 말씨가 지위 고하를 막론하고 자꾸만 거칠고 천박하고

야비해져 가는 현상은 그만큼 내면이 헐벗고 있다는 증거일 것이다. 안으로 침묵의 조명을 받고 있지 않기 때문이다.

　침묵의 의미는 쓸데없는 말을 하지 않는 대신 당당하고 참된 말을 하기 위해서이지, 비겁한 침묵을 고수하기 위해서가 아니다. 어디에도 거리낄 게 없는 사람만이 당당한 말을 할 수 있다. 당당한 말이 흩어진 인간을 결합하고 밝은 통로를 뚫을 수 있다. 수도자가 침묵을 익힌 그 의미도 바로 여기에 있다.

걷는다는 것은 침묵을 횡단하는 것

걷는다는 것은 침묵을 횡단하는 것이다.

걷는 사람은 시끄러운 소리에서 벗어나기 위해 세상 밖으로 외출하는 것이다.

걷는 사람은 끊임없이 근원적인 물음에 직면한다.

'나는 어디서 왔는가? 나는 어디로 가는가? 그리고 나는 누구인가?'

소음의 시대

　자기 언어와 사고를 빼앗긴 일상의 우리들은 도도히 흐르는 소음의 물결에 편승하여 어디론지 모르게 흘러가고 있다. 오늘날 우리가 주고받는 대화도 하나의 소음일 경우가 많다. 왜냐하면 그 소음을 매개로 해서 새로운 소음을 만들어내고 있기 때문이다.

　그러나 인간의 말이 소음이라면, 그로 인해서 빛이 바랜다면 인간이 슬퍼진다. 그럼 인간의 말은 어디에서 나와야 할까. 그것은 마땅히 침묵에서 나와야 한다. 침묵을 배경으로 하지 않는 말은 소음과 다를 게 없다. 인간은 침묵 속에서만이 사물을 깊이 통찰할 수 있고 또한 자기 존재를 자각한다. 이때 비로소 자기 언어를 갖게 되고 자기 말에 책임을 느낀다. 그러기 때문에 투명한 사람끼리는 말이 없어도 즐겁다. 소리를 입 밖에 내지 않을 뿐 무수한 말이 침묵 속에서 오고 간다.

말 많은 이웃들은 피곤을 동반한다. 그런 이웃은 헐벗은 자기 꼴을 입술로 덮으려는 것이다. 그런 말은 소음에서 나와 소음으로 사라진다. 그러나 말수가 적은 사람들의 말은 무게를 가지고 우리 영혼 안에 자리를 잡는다. 그래서 오래오래 울린다. 인간의 말은 침묵에서 나와야 한다. 태초에 말씀이 있기 이전에 깊은 침묵이 있었을 것이다.

현대는 정말 피곤한 소음의 시대다. 카뮈의 뫼르소가 오늘에 산다면 이제는 햇빛 때문이 아니라 소음 때문에 함부로 총질을 할지 모르겠다.

"말이 많으면 쓸 말이 별로 없다는 것이 우리들의 경험이다.

말과 소음의 경계를 알아야 한다.

열린 귀는 들으리라

오늘 우리들은 되는 소리든 안 되는 소리든 쏟아버리기를 좋아한다.

그러면서도 남의 말에 차분히 귀 기울이려고는 하지 않는다.

다들 성이 급해서 듣고 있을 수가 없는 것이다.

귀 기울여 듣는다는 것은 침묵을 익힌다는 말이기도 하다.

침묵은 더 말할 것도 없이 자기 내면의 바다이다.

말은, 진실한 말은 내면의 바다에서 자란다.

자기 언어를 갖지 못하고 남의 말만 열심히 흉내 내는 오늘의 우리는 무엇인가.

현대인들은 기다릴 만한 시간이 없다고 한다.

그러나 사실은 시간이 없어서가 아니라, 그 시간을 적절하게 쓸 줄 모르고 있는 것이다.

버스를 기다리면서, 택시를 잡기 위해 줄지어 서 있으면서도 그 시간을 유효하게 쓰지 못하고 흘려버리기 일쑤다.

자기 생명의 순간들을 아무렇게나 흩어버린다.

그러면서도 입버릇처럼 '시간이 없어서', '그럴 여가가 없어서'라고 한다.

열린 귀는 들으리라.

한때 무성하던 것이 져버린 이 가을의 텅 빈 들녘에서 끝없이 밀려드는 소리 없는 소리를, 자기 시간의 꽃들을.

침묵 속에서 전하는 우주 생명의 신비

어떤 대상을 바르게 이해하려면 먼저 그 대상을 사랑해야 한다. 이쪽에서 따뜻한 마음을 열어 보여야 저쪽 마음도 열린다. 모든 살아 있는 존재는 서로 이어져 있기 때문이다. 이 지구상에는 동물과 식물이 서로 주고받으면서 함께 살아간다.

식물은 인간이 이 지구에 생겨나기 이전부터 존재해왔다. 그러므로 우리가 나무와 꽃을 가까이한다는 것은 무한한 우주의 생명 앞에 마주 선 것이나 다름이 없다.

산목숨을 소홀히 여겨 무자비하게 허물고 살해하는 이 막된 세상에서 먼저 우리가 해야 할 일은 신선한 공기를 만들어 내는 나무와 꽃 앞에 무릎을 꿇을 줄 아는 것이다. 그리고 침묵 속에서 전하는 우주 생명의 신비에 귀를 기울여야 한다.

사람은 산소를 만들어내지 못한다. 식물이 없으면 동물은 살아갈 수 없다. 한 그루 나무와 꽃을 대할 때 그 신성 앞에 고마운 생각부터 지녀야 한다.

봄은 가도 꽃은 남는다.

말과 글

자기 관리를 위해 내 삶이 새로워져야겠다는 생각을 요즘 들어 자주 하게 된다. 누구보다도 그대가 잘 알다시피 내 삶의 자취를 돌아보니 나는 말을 너무 많이 한 것 같다.

대중 앞에서 되는 소리, 안 되는 소리를 너무 많이 쏟아 놓았다. 기회 있을 때마다 침묵의 미덕과 그 의미를 강조해온 장본인이 침묵보다 말로 살아온 것 같은 모순을 돌이켜본다.

말과 글도 삶의 한 표현 방법이기 때문에 새로운 삶이 전제됨이 없이는 새로운 말과 글이 나올 수 없다. 비슷비슷한 되풀이는 쓰는 사람이나 읽는 사람에게 도움이 되지 않는다. 신선감이 없는 말과 글은 그의 삶에 중심이 없는 거나 마찬가지다.

할 수만 있다면 유서를 남기는 듯한 그런 글을 쓰고 싶다. 언제 어디서 누구에게 읽히더라도 부끄럽지 않을 삶의 진실을 담고 싶다.

3
마음에 꽃을 심는 일

얼마나 친절했느냐,
얼마나 따뜻했느냐—
그것이 우리가 남기고 가야 할
흔적이다.

친절

세상에 가장 위대한 종교가 있다면 그것은 친절이다.

이웃에 대한 따뜻한 배려다.

사람끼리는 더 말할 것도 없고

이 세상을 함께 살아가는 모든 존재에 대해서

보다 따뜻하게 대할 수 있어야 한다.

이와 같은 친절과 따뜻한 보살핌이

진정한 '대한민국'을 이루고,

믿고 살 수 있는 세상을 만들 수 있을 것이다.

만나는 대상마다 그가 곧 내 '복밭'이고 '선지식'임을 알아야 한다.

그때 그곳에 그가 있어 내게 친절을 일깨우고

따뜻한 배려를 낳게 할 수 있기 때문이다.

주어진 삶

해가 바뀌면 우리는 원하건 원하지 않건 이 육신의 나이를 하나씩 더 보태게 된다. 어린이나 젊은이는 나이가 하나씩 들어가는 것이고, 한창때를 지난 사람들에게는 한 해씩 빠져나가는 일이 된다. 이것은 누구에게나 해당되는 자연현상이다. 빠져나가는 세월을 아쉬워하고 허무하게 생각할 게 아니라 주어진 삶을 순간순간 어떻게 쓰고 있느냐에 보다 관심을 가져야 한다.

좋은 책이란

책은 가려서 읽어야 한다. 읽고 나서 남에게 자신 있게 권할 수 있는 책은 좋은 책이다. 읽을 책도 많은데 시시한 책에 시간과 기운을 빼앗기는 것은 인생의 낭비다. 사실 두 번 읽을 가치가 없는 책은 한 번 읽을 가치도 없다.

그럼 어떤 책이 좋은 책인가? 베스트셀러에 속아서는 안 된다. 그것은 한때 상업주의의 바람일 수도 있다. 좋은 책은 세월이 결정한다. 읽을 때마다 새롭게 배울 수 있는 책, 잠든 내 영혼을 불러일으켜 삶의 의미와 기쁨을 안겨주는 그런 책은 그 수명이 길다. 수많은 세월을 거쳐 지금도 책으로서 살아 숨 쉬는 동서양의 고전들이 이를 증명해주고 있다.

이 기회에 한 가지 권하고 싶은 말은 어떤 종교의 경전이든지 경전은 소리 내어 읽어야 한다. 그저 눈으로 스치지만 말고 소리 내어 읽을 때 그 울림에 신비한 기운이 스며 있어 그 경전을 말한 분의 음성을 들을 수 있다.

책을 가까이하면서도 그 책으로부터 자유로워야 한다. 아무리 좋은 책일지라도 거기에 얽매이면 자신의 눈을 잃는다. 책을 많이 읽었으면서 콕 막힌 사람들이 더러 있다. 책을 통해서 자기 자신을 읽을 수 있을 때 열린 세상도 함께 읽을 수 있다. 책에 읽히지 말고 책을 읽을 줄 알아야 한다. 책에는 분명히 길이 있다.

중노릇

중노릇이란 한 해 이태로 그칠 일이 아니고 평생의 일이기 때문에 처음부터 제대로 배우고 알차게 익혀야 한다. 그렇지 않고 반거충이로 어정쩡하면 하루하루가 무료하고 무의미하게 된다. 그렇게 되면 출가의 의미는 전혀 없고 이른바 중도 속도 아닌 반거충이로서 한세상을 겉돌게 된다.

순간순간이 바로 나를 형성하는 일이고 또한 구체적인 수도생활임을 명심한다면, 아무렇게나 되는 대로 지낼 수 없다. 시간을 아껴서 활용할 줄 모르고 무익한 일에 흘려버리지 말아야 한다.

수도생활에 아무 도움도 안 되는 시시한 일에 얽매이거나 관심 두지 말라.

어떤 것이 본질적인 삶이고 비본질적인 삶인지 스스로 가치 판단을 할 수 있어야 한다.

현재의 자신에 안주하지 말고 새로운 자신을 거듭거듭 계발 형성해나간다면 하루하루가 새로운 날이 될 것이다.

"사람의 향기가 나는 삶은

자신을 꾸밈이 아니라 자연스레 배어나오는 따뜻함에서 비롯된다."

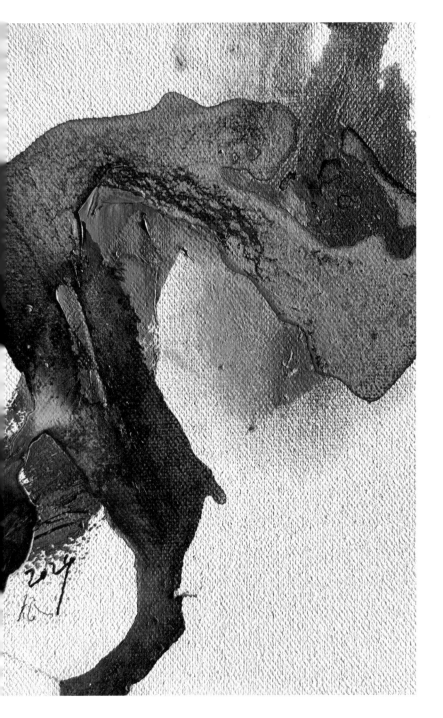

번뇌와 속박에서 떠나라

출가해 수행자가 되는 것이 어찌 작은 일이랴.

편하고 한가함을 구해서가 아니며,

따뜻이 입고 배불리 먹으려고 한 것도 아니며,

명예나 재산을 구해서도 아니다.

오로지 생사生死의 괴로움에서 벗어나려는 것이며,

번뇌의 속박을 끊으려는 것이고,

부처님의 지혜를 이으려는 것이며,

끝없는 중생(이웃)을 건지려고 해서이다.

생명의 근원

    새벽에 비 내리는 소리를 듣고 잠에서 깨어났다. 머리맡에 소근소근 다가서는 저 부드러운 발소리. 개울물 소리에 실려 조용히 내리는 빗소리에 귀를 기울이고 있으면 살아 있는 우주의 맥박을 느낄 수 있다.

    새벽에 내리는 빗소리에서 나는 우주의 호흡이 나 자신의 숨결과 서로 이어지고 있음을 감지한다. 그 무엇에도 방해받지 않는 자연의 소리는, 늘 들어도 시끄럽거나 무료하지 않고 우리 마음을 그윽하게 한다.

    사람이 흙을 일구며 농사를 짓고 살던 시절에는 이와 같은 자연의 소리를 들으면서 그 질서 안에서 넘치지 않고 순박하게 살 수 있었다. 작은 것에 만족하고 적은 것에도 고마워했다. 남이 가진 것을 시샘하거나 넘보지도 않았다. 자기 분수에 자족하면서 논밭을 가꾸듯 자신의 삶을 묵묵히 가꾸어 갔다.

그러나 물질과 경제를 '사람'보다도 중요시하고 우선시하는 요즘 세상에서는, 농사를 짓는 사람들까지도 대부분 예전 같은 감성과 덕성을 지니고 있지 않다. 농사도 이제는 기업으로 여겨 먼저 수지타산을 따져야 하기 때문이다. 논밭을 조상으로부터 물려받은 신성한 생명의 터전으로 여기기보다는 생산과 효용의 수단으로 이용하고 있을 뿐이다.

흙을 가까이하면서도 흙이 지니고 있는 그 덕성과 생명의 질서를 몸에 익히지 못하는 것은, 흙한테 죄송하고 또한 흙의 은혜를 저버리는 일이기도 하다.

좋은 친구

좋은 친구란 서로가 빈 마음으로 대할 수 있는 사이일 것이다.

서로의 빈 마음에 현재의 자신을 비춰볼 수 있는 그런 사이여야 할 것이다.

그 어떤 선입관념을 가지고는 친구가 될 수 없다.

맞은편의 빈 마음에서 메아리를 들을 수 있다면 그때 비로소 속엣말을 터놓아도 좋을 것이다. 그러기 전에는 친구이고 싶을 뿐이지 진정한 친구가 되지 못한다.

칼릴 지브란은 『예언자』에서 이런 말을 하고 있다.

"친구를 사귐에는 오로지 정신을 깊이 하는 일 말고는 딴 뜻을 두지 말라."

사람과 사람 사이에 서로가 정신을 깊이 한다는 것은 참으로 소망스러운 일이다.

정신을 깊이 하는 일을 통해서, 서로가 힘이 되고 빛이 되어 한없이 승화할 수 있다.

형식 논리로는 하나 보태기 하나는 둘밖에 안 된다.

그렇지만 정신을 깊이 하는 창조적인 우정에는 둘을 넘어 열도 백도 될 수 있다.

정신을 깊이 하려면 무엇보다도 먼저 예절과 신의가 바탕이 되어야 한다.

이 예절과 신의를 바탕으로 서로 간에 창조적인 노력이 기울여져야 한다.

그렇지 않으면 범속한 사귐과 한때의 알고 지냄에 그치고 만다.

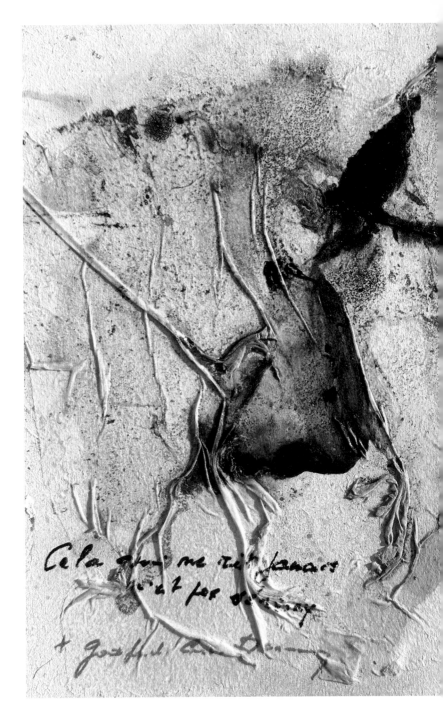

*Cela qui me tire jamais
n'est pas ...

+ ...*

"내가 행복해지려면 먼저 내 이웃을 행복하게 해줘야 한다.

이웃의 행복이 곧 내 행복으로 이어진다."

진정한 종교

참 수행자는 모든 것으로부터 자유로워져야 한다.

종교 그 자체에도 얽매이지 않는다.

그는 한 사람의 개인으로서 그 자신의 삶을 살며, 순간마다 진리를 발견하고 그 진리를 일상에 실현한다.

진정한 종교는 어디까지나 개인적이고 개체적인 것이다.

집단과 조직을 이루어 거기에 얽혀들면, 그 순간부터 순수와 진심이 사라지고 온갖 비리와 갈등과 세속적인 타락이 시작된다.

진정한 종교는 교회나 절에서가 아니라 자기 자신의 삶 속에서 진실을 스스로 발견해간다.

따라서 참 종교인은 개념화된 신이나 부처에 의존하지 않고 교단의 조직에도 매이지 않으며, 무엇이 참 진리이고 어떤 것이 진짜 신인지, 스스로 묻고 탐구하고 알아차리고 눈 떠가는 사람이다.

그래서 온갖 두려움으로부터, 자기중심적인 고집으로부터, 이기심과 야심으로부터 스스로를 해방시킨다.

함께 사는 이웃에 눈을 돌려 즐거움과 괴로움을 나누어 가질 때 종교는 비로소 제 몫을 하게 된다.

바로 지금이지 다시 시절은 없다

방 안 벽에 대못을 두 개 박아 가사와 장삼을 걸고, 반쯤 꽃이 핀 동백꽃 가지를 꺾어다 백자 지통에 꽂아 놓으니 휑하던 방 안에 금세 봄기운이 감도는 것 같았다. 그리고 임제 선사의 어록 중에서 좋아하는 한 구절 '즉시현금 갱무시절'이라고 쓴 족자를 걸어 놓으니 낯설기만 하던 방이 조금은 익숙해졌다.

'바로 지금이지 다시 시절은 없다'는 말. 한번 지나가버린 과거를 가지고 되씹거나 아직 오지도 않은 미래를 기대하지 말고, 바로 지금 그 자리에서 최대한으로 살라는 이 법문을 대할 때마다 나는 기운이 솟는다. 우리가 사는 것은 바로 지금 여기다. 이 자리에서 순간순간을 자기답게 최선을 다해 살

수 있다면, 그 어떤 상황에서도 우리는 절대 후회하지 않는

인생을 보내게 될 것이다.

마음의 메아리

세상일이란 모두가 마음과 마음끼리 주고받는 메아리다.

미운 마음으로 보내면 미운 마음으로써 응답이 오고,

어진 마음으로 치면 어진 마음으로 울려온다.

마지못해 건성으로 건네주면 저쪽에서도 마지못해 건성으로 되돌아온다.

크게 소리치면 크게 울려오고,

작게 소리치면 작게 울려오는 것이 또한 메아리의 성질이다.

눈에 보이고 손으로 만져지는 것은 지극히 작은 한 모서리에 지나지 않는다.

마음의 세계야말로 털끝만큼도 어김이 없는 질서다.

눈은 가릴 수도 속일 수도 있다.

저마다 다른 눈을 가지고 있기 때문이다.

그러나 마음은 절대로 가릴 수도 속일 수도 없다.

마음은 하나이기 때문이다.

마음은 부분이 아니라 전체다.

풍요로운 감옥

　인간의 대화란 서로가 창조적인 삶을 통해 새롭게 펼쳐나
가는 것이다.

　창조적인 노력도, 공통적인 지적 관심사도 없다면 자연 시들
한 일상성에 매몰될 수밖에 없다. 그러다 보면 서로가 생의 활
기를 잃고 차디찬 의무만 남아 풍요로운 감옥에 갇히고 만다.

　풍요로운 감옥에서 탈출하려면 무엇보다도 정신이 늘 깨어
있어야 한다.

　자기 인생에 대한 각성 없이는 벗어날 기약이 없다.

　깨어 있는 사람만이 자기 몫의 삶을 제대로 살 수 있고, 깨
어 있는 사람만이 삶의 질을 높이기 위해 끝없는 탈출을 시도
한다.

보람된 인생이란 무엇인가.

욕구를 충족시키는 생활이 아니라 의미를 채우는 삶이어야
한다.

의미를 채우지 않으면 삶은 빈 껍질이다.

한 생각

한 생각을 일으켜 '맑고 향기롭게' 살아가기 운동에 나서게 되었지만 별다른 뜻은 없다.

우리 시대가 하도 혼탁하고 살벌하고 메말라가는 세태이기 때문에, 본래 맑고 향기로운 인간의 심성을 드러내어 꽃피워 보자는 단순하고 소박한 생각에서 시작한 것이다.

세상을 탓하기 전에 먼저 내 마음을 맑고 향기롭게 지닐 때 우리 둘레와 자연도 맑고 향기롭게 가꾸어질 것이고, 우리가 몸담아 살고 있는 세상도 또한 맑고 향기로운 기운으로 채워질 것이다.

지혜의 세계

못 배워서 적게 알더라도 그것이 사람의 자리에 비추어진다면 하나를 통해 열을 이해하게 될 것입니다. 그것은 지식의 세계가 아니라 지혜의 세계입니다. 메마른 이론이 아니고 살아서 움직이는 행위입니다. 바른 믿음을 가지고 살아가는 사람들은 이 지혜의 세계에서 살 수 있어야 합니다.

오늘 우리들은 그저 많은 것을 듣고 알려고만 하지, 그것을 어떻게 사람의 자리로 끌어들여 삶을 풍성하게 북돋울 것인가에 대해서는 별로 관심이 없습니다. 앞에서 이야기한 대로 너무 많은 것을 가리지 않고 때 없이 닥치는 대로 마구 먹기 때문에, 마침내는 사람이 먹히고 만다는 모순과 다름이 없습니다.

"사람끼리 만나는 일에도 절제가 있어야 한다.

따뜻한 마음이 고였을 때,

그리움이 가득 넘칠 때 만나야 한다."

사람이 건강하려면

사람은 먹는 음식만으로 건강을 유지하는 것은 아니라고 나는 믿고 있다. 육체와 정신이 유기적인 관계 속에 있는 것이 또한 사람이다. 사람이 건강하려면 먼저 마음이 안정되어야 한다. 마음이 불안정한 상태에서 음식을 먹으면 소화가 안 될 뿐 아니라 때로는 먹는 음식이 독이 될 수도 있다. 마음이 안정된 상태라야 음식 맛도 알 수 있고 음식에 대한 고마움도 느낄 수 있다.

그리고 같은 삶이라면 즐겁게 살아야 한다. 하루하루 사는 일이 즐거움만으로 엮어지기는 현실적으로 어렵다. 그렇기 때문에 내 둘레만이라도 즐거움을 만들면서 살 수 있어야 한다. 사는 일이 즐겁지 않으면 인생 자체가 무의미해지기 쉽다. 이 세상이 즐겁지 않은 세상이기 때문에, 나 스스로 즐거움을 만들어가면서 살다 보면 세상은 분명히 살아갈 만한 세상으로 바뀌게 된다. 여기에는 세상을 바라보는 '눈'을 갖추어야 한다.

장미꽃을 보면서, 왜 이토록 아름답고 향기로운 꽃에 하필가시가 돋쳤을까 생각하면 기분이 언짢고 불만이 생긴다. 그러나 아무짝에도 쓸모없는 가시나무에 아름다운 꽃이 피었구나 하고 생각하면 그저 대견스럽고 고마울 뿐이다.

우리가 건강하려면, 물론 합리적인 식사를 해야 한다. 흔히들 기름지게 먹는 것을 잘 먹는 걸로 착각하기 쉬운데, 그건 잘못된 생각이다. 편식하지 않고 고루 먹고, 맛있다고 해서 폭식하지 말고 좀 덜 먹어야 한다. 그래야 먹은 후까지 그 맛을 되새길 수 있고 제대로 소화시킬 수 있다. 평생 내 건강을 지켜줄 소화기를 혹사하지 말고 좀 쉬게도 해주어야 한다. 그리고 합리적인 식사란 인스턴트 식품이나 가공식품이 아닌 자연식을 말한다. 자연식을 해야 질병이 없는 자연스런 건강을 유지할 수 있다.

물건이 흔한 세상

오늘날 우리들은 어디를 가나 물질의 홍수에 떠밀리고 있다. 일반 가정이나 절간이나 별로 다르지 않다. 물건이 너무 흔하기 때문에 아낄 줄을 모르고 고마워할 줄도 모른다. 옛날 같으면 좀 깁거나 때우거나 고치면 말짱할 물건도 아낌없이 내다 버린다.

물건만 버리는 게 아니라 아끼고 소중하게 아는 그 정신까지도 함께 버리고 있는 것이다.

옛 선사들의 어록을 보면, 가사만 한 벌 얻어 걸치고도 고마워 어쩔 줄 몰라 하며 법상에 올라가 그 공덕을 찬탄하면서 법문까지 하였는데, 오늘에는 그런 고마움을 모르고 있는 것 같다.

또 예전에는 시주의 물건[施物]에 대해서 어떤 절에서나 주의가 많았지만 요즘에는 그런 말을 그 어디서도 듣기가 어렵다. 그만큼 오늘 우리들의 의식이 무디어지고 잠들어 있는 것이다.

너무 흔하니까 귀한 줄 모르지만, 아무리 물건이 흔한 세상일지라도 거기에 대응하는 마음가짐이 보다 소중하게 여겨져야 할 것이다.

가령 화장지 하나만 가지고도 우리는 그 사람의 마음가짐을 엿볼 수 있다. 그것이 내 것이 됐건 남의 것이 됐건 필요한 만큼만 써야 할 텐데, 어떤 사람들은 코를 좀 풀면서 뭉텅이로 뜯어내 쓰고, 뒤 좀 닦으려고 둘둘 말아가지고 필요 이상으로 낭비를 한다.

    이런 광경을 볼 때마다 벌 감할 짓을 하는구나 하고 안타깝게 느껴진다. 언제부터 우리가 이토록 헤프고 사치스러워졌는지 한번 반성해볼 일이 아닌가 싶다.

"세상에 가장 위대한 종교가 있다면 그것은 친절이다.

이웃에 대한 따뜻한 배려다."

생각한 대로

　살아 있는 모든 생물들은 저마다 노래를 지니고 있다. 사람과 새들만 아니라 나무도 풀잎도 바람을 타고 노래를 한다.

　인간의 입에서 살벌하고 비릿한 정치와 경제만 쏟아져 나오고 시와 노래가 흘러나오지 않는다면 그의 가슴은 이미 병들기 시작한 것이다. 먹고 마신 그 입에서 꽃향기 같은 노래가 나와야 한다.

　사는 즐거움은 어디에 있는가. 그리고 그 즐거움은 누가 가져다주는가. 즐거움은 우리 스스로 만들고 찾아내야 한다. 사는 일이 재미없고 시들하고 짜증스럽고 따분하다고 생각하면 그렇게 생각한 대로 그 삶은 재미없고 시들하고 짜증스럽고 따분한 일로 가득 채워진다.

우리들의 일상이 따분할수록 사는 즐거움을 우리가 몸소 만들어내야 한다. 즐거운 삶의 소재는 멀리 있지 않고 바로 우리 곁에 무수히 널려 있다. 우리가 만들고 찾아주기를 기다리고 있다.

자기 관리

요즘에 와서 나는 새삼스럽게 자기 관리에 대해서 생각을 자주 하게 된다. 우리처럼 단신으로 사는 출가 수행승의 경우, 자기 자신에 대한 관리가 소홀하면 자칫 주책을 떨거나 자기도취에 빠지기 쉽다. 자신의 처지와 분수를 망각한 채 나설 자리 안 나설 자리, 설 자리 앉을 자리를 가리지 못하면 추해지게 마련이다. 더구나 세속적인 상업주의에 편승하게 되면 그의 말로는 물을 것도 없이 처량해진다.

전에 큰절에서 여럿이 어울려 살면서 나이 든 노스님들의 처신을 통해 나는 많은 것을 배울 수 있었다. 이제 와 돌이켜 생각해보면 긍정적이건 부정적이건 간에 그때마다 그분들은 후배들에게 깨우침을 준 선지식으로 여겨진다.

우리가 지금까지 살아온 자취를 되돌아보면, 그것은 하나의 과정으로 순례의 길처럼 여겨진다. 지나온 과거사는 기억으로 우리 의식 속에 축적된다. 대개는 망각의 체에 걸러져 까맣게 잊어버리지만, 어떤 일은 어제 겪은 일처럼 생생하다.

그러나 지나온 과거사가 기억만으로는 현재의 삶에 별로 도움이 되지 않는다. 과거사를 자신의 의지로 소화함으로써 새로운 눈이 열리고 귀가 트인다. 그래서 그 과거사에서 교훈을 얻는다. 망각은 정신위생상 필요할 때도 있지만, 때로는 그 망각 때문에 어리석은 반복을 자행하는 수도 있다.

보다 바람직한 자기 관리를 위해서는 수시로 자신의 삶을 객관적으로 살펴보아야 한다. 남의 눈을 빌려 나 자신의 살림

살이를 냉엄하게 바라보라는 것이다.

그리고 또 자기를 철저히 관리하기 위해서는 무엇보다도 자기 자신에게 정직하고 진실해야 한다. 작은 이익에 눈을 파느라고 큰 일을 놓치지 말아야 한다. 그런데 탐욕스런 사람들은 눈앞의 이해관계에만 매달려 앞을 내다보지 못한다.

누가 내 면전에서 나를 존경한다는 말을 할 때 나는 당혹감으로 몸 둘 바를 몰라 한다. 그리고 그런 말에 내심 불쾌감을 느낀다. 참으로 존경한다면 면전에서 말로 쏟아버릴 일이 아니다. 그런 말에 속아서는 안 된다. 타인으로부터의 존경은 눈에 보이지 않는 굴레요, 덫이다. 그 존경이라는 것이 언제 비난과 헐뜯음으로 바뀔지 모른다. 자기 관리에 방심하면 이런 굴레에 갇히고 덫에 걸리기 십상이다.

내 솔직한 소망은 단순하게 사는 일이다. 그리고 평범하게 사는 일이다. 내 느낌과 의지대로 자연스럽게 살고 싶다. 그 누구도 내 삶을 대신해서 살아줄 수 없기 때문에 나는 나답게 살고 싶을 뿐이다.

생각의 변화

뜰에 잡초가 무성해졌는데도 나는 그대로 놓아둔 채 크게 자란 것들만 뽑아냈다. 내 성미를 잘 아는 사람이라면 이런 뜰을 보고 이상하게 여길 것이다. 지난해까지만 해도, 뜰은 늘 말끔히 풀이 뽑히고 정갈하게 비질이 되어 있었다.

나이 먹어가는 탓인지, 게으른 변명인지, 요즘에 와서는 내 생각이 많이 달라져 가고 있다.

그대로 두어도 좋을 것에는 될 수 있는 한 손질을 덜 하고 그대로 바라보기로 한 것이다.

있는 사물을 그대로 본다는 것은 나 자신과 대상을 수평적으로 같은 자리에서 대함이기도 하다.

이 세상에는 사람만 사는 것이 아니라 수많은 생명들과 함께 살고 있다.

모든 존재는 저마다 그 존재 이유를 지니고 있다. 그런데 우리들이 사람 표준으로만 생각하고, 둘레의 사물을 인간 중심의 종속적인 관계로 여기기 때문에 지금 지구촌에 온갖 이변이 일고 있다고 나는 생각한다.

아파트

　좁은 땅덩이에 인구는 불어나 어쩔 수 없이 양계장처럼 켜켜이 올려놓은 아파트라는 주거 형태는, 우선은 편리하겠지만 인간의 본질과 장래를 생각할 때 결코 이상적인 주거 공간은 못 된다. 그 같은 주거 공간에는 생명의 근원인 흙이 없다. 허공에 매달려 추상적이고 관념적으로 살아가는 생태이므로 인간 생활이 건강할 수 없다. 한마디로 요약하면, 사람은 흙에서 멀어질수록 병원과 가까워진다.

꽃이 서로를 느끼는 방법

서로의 향기로써 대화를 나누는 꽃에 비해

인간들은 말이나 숨결로써 서로의 존재를 확인한다.

꽃이 훨씬 우아한 방법으로 서로를 느낀다.

인간인 우리는 꽃에게 배울 바가 참으로 많다.

4
가볍게 떠나는 연습

머지않아 늦가을 서릿바람에
저토록 무성한 나뭇잎들도
무너져내릴 것이다.
그 빈 가지에 때가 오면
또다시 새잎이 돋아날 것이다.

살아 있는 것은 늘 새롭다

물에는 고정된 모습이 없다.

둥근 그릇에 담기면 둥근 모습을 하고

모난 그릇에 담기면 모난 모습을 한다.

뿐만 아니라 뜨거운 곳에서는 증기로 되고,

차가운 곳에서는 얼음이 된다.

이렇듯 물에는 자기 고집이 없다.

자기를 내세우지 않고 남의 뜻에 따른다.

살아 있는 물은 멈추지 않고 늘 흐른다.

강물은 항상 그곳에서 그렇게 흐른다.

같은 물이면서도 늘 새롭다.

오늘 흐르는 강물은 같은 강물이지만

어제의 강물이 아니다.

강물은 이렇듯 늘 새롭다.

오늘의 나는 어제의 나와 거죽은 비슷하지만 실재는 아니다.

오늘의 나는 새로운 나다.

살아 있는 것은 이와 같이 늘 새롭다.

자신의 처지와 분수 안에서

　우리가 무엇을 위해서 살아야 하는지, 전도된 가치관의 탓으로 돌리기에는 삶이 매우 아깝다. 진정한 부는 많은 것을 소유하는 것과는 별로 상관이 없다.

　우리가 갈망하는 것을 소유하는 것을 부라고 잘못 알아서는 안 된다.

　부는 욕구에 따라 달라지는 상대적인 것이다.

　차지하거나 얻을 수 없는 것을 가지려고 할 때 우리는 가난해진다.

　그러나 지금 가진 것에 만족한다면 실제로 소유한 것이 적더라도 안으로 넉넉해질 수 있다.

　우리가 적은 것을 바라면 적은 것으로 행복할 수 있다.

그러나 남들이 가진 것을 다 가지려고 하면 우리 인생이 비참해진다.

　사람은 저마다 자기 몫이 있다.
　자신의 그릇만큼 채운다.
　그리고 그 그릇에 차면 넘친다.
　자신의 처지와 분수 안에서 만족할 줄 안다면 그는 진정한 부자이다.

"아름다운 마무리는 내려놓음이다.

내려놓지 못할 때 마무리는 일어나지 않는다."

죽음에 대해서

살 때는 삶에 철저해 그 전부를 살아야 하고,

죽을 때는 죽음에 철저해 그 전부를 죽어야 한다.

삶에 철저할 때는 털끝만치도 죽음 같은 것을 생각할 필요가 없다.

또한 일단 죽으면 조금도 삶에 미련을 두어서는 안 된다.

사는 것도 나 자신의 일이고 죽음도 또한 나 자신의 일이니,

살 때는 철저히 살고 죽을 때도 또한 철저히 죽을 수 있어야 한다.

꽃은 필 때도 아름다워야겠지만, 질 때도 아름다워야 한다.

모란처럼 뚝뚝 무너져내릴 수 있는 게 얼마나 산뜻한 낙화인가.

새잎이 파랗게 돋아나도록 질 줄 모르고 매달려 있는 꽃은
필 때만큼 아름답지가 않다.

생과 사를 물을 것 없이,

그때그때의 자기 인생에 최선을 다하는 것,

이것이 불교의 생사관이다.

"현자賢者는 삶에 대해서 생각하지, 죽음에 대해서는 생각
하지 않는다."

스피노자의 말.

죽음의 공포에서 벗어나려면 생에 집착하지 말고,

삶을 소유물로 인식하지 말아야 한다.

윤회의 사슬

어디서 한 송이 꽃이 피어날 때 그것은 우주의 큰 생명력이 꽃을 피우고 있는 것이다. 찬 바람에 낙엽이 뒹구는 것도 우주 생명력의 한 부분이 낙엽이 되어 뒹굴고 있는 것이다.

등잔이나 초에 불이 밝혀지는 것은 기름과 심지를 매개물로 해서, 우주 가운데 있는 불기운이 환하게 켜지고 있는 소식이다. 입으로 훅 불어서 불꽃을 끄면 그 불은 어디로 가는가. 다시 큰 불의 바다로 돌아간다.

이와 같이 모든 개체의 생명은 큰 생명의 뿌리에서 나누어진 가지들이다. 경우에 따라 가지는 시들어도 그 생명의 뿌리는 결코 시드는 일이 없다. 생명의 뿌리는 우주의 근원적인 원리이기 때문이다.

우리가 누군가를 죽인다면 결과적으로 우리 자신을 죽이는 거나 마찬가지이다. 이 몸은 물질로 화합된 유기체이므로 어떤 충격을 가해 죽일 수 있다. 하지만, 생명의 근원인 그 영혼은 무엇으로도 죽일 수 없다.

그리고 아무 죄도 없이 억울하게 살해당한 쪽에서는 대항할 힘이 달려 그 몸을 버리지만, 언젠가 이 원수는 갚고야 말겠다는 시퍼런 원한을 품지 않을 수 없다. 바로 그 원한이 이 윤회의 사슬이 되어 서로가 앙갚음을 되풀이하면서 세세생생世世生生토록 벗어날 기약이 없는 것이다. 이것은 그 어떤 종교의 이론이기 이전에 살고자 하는 모든 생명의 원리이다.

살아 있는 모든 것은 다 한목숨이라는 우주 생명의 원리를 믿고 의지하라. 남을 해치는 일이 곧 자신을 파멸로 이끈다는 사실을 알고, 어떤 유혹에서도 넘어짐이 없이 사람의 자리를 지키라. 사람 몸 받기 어렵다는데, 이 몸으로 사람 구실 못 한다면 이다음 생에는 또 어디서 무엇이 되어 견디기 어려운 윤회의 고통을 받게 될지 누가 알겠는가.

인간과 자연

　자연은 스스로를 조절할 뿐 파괴하지는 않는다. 사람이, 문명의 인간이 자연을 허물고 더럽힌다. 인간과 자연의 조화를 도외시한 무절제한 산업화와 도시화로 인해 인간 생활의 원천인 신선한 공기와 맑은 물이 말할 수 없이 오염되어가고 있다. 거대한 물질의 더미[物量]에 현혹되어 천혜天惠의 고마운 자연과 환경을 사람의 손으로 파괴하고 있는 것이 오늘의 어리석은 현실이다.

　자연은 우리 인간에게 아득한 옛적부터 많은 것을 아낌없이 무상으로 베풀어오고 있다. 맑은 공기와 시원한 바람, 밝고 따뜻한 햇볕과 천연의 생수와 강물, 침묵에 잠긴 고요, 별이 빛나는 밤하늘, 논밭의 기름진 흙, 아름답고 향기로운 꽃, 사랑스럽게 지저귀는 새들의 노래, 그리고 생기에 넘치는 숲…….

온종일 주위섬긴다 할지라도 자연의 혜택을 말로는 다할 수 없을 것이다. 이와 같은 자연의 은혜에 대해서 우리들 인간의 대부분은 감사할 줄을 모르고 당연한 것으로 받아들인다. 우리 곁에 이런 자연의 은혜가 없다면 잠시도 살아갈 수 없는 처지인데도, 현대인들은 고마운 자연 앞에 너무도 무감각하다.

그저 많은 것을 차지하면서 편리하게만 살려고 하는 약삭빠르고 탐욕스런 현대인들은, 혹심하게 빼앗겨 앓고 있는 자연의 신음 소리를 듣지 못한다. 인간과 자연은 빼앗고 빼앗기는 약탈과 주종의 관계가 되어서는 안 된다.

자연은 인간에게 있어서 원천적인 삶의 터전이고 배경이다. 문명은 우리가 살아가는 데 있어 하나의 도구이고 수단이지 최후의 목적이 될 수는 없다.

자연과 인간은 어머니와 자식의 관계로 회복되어야 한다. 파괴되지 않고 오염되지 않은 자연 안에서만 우리들 인간도 덜 황폐화되고 덜 오염되어, 인간 본래의 건강을 되찾을 수 있을 것이다. 자연은 지치고 상처받은 인생이 기대고 쉬면서 위로받을 유일한 휴식의 공간이다.

우리가 살 만큼 살다가 죽은 후 차디찬 시신이 되어 묻히거나 한 줌의 재로 뿌려질 곳도 또한 이 자연임을 명심해야 한다.

인간다운 삶

자연에는 꽃이 피고 지는

자연현상만이 아니라, 거기에는

시가 있고 음악이 있고 침묵이 있고

사상이 있고 종교가 있다.

인류 역사상 위대한 사상이나 종교는

벽돌과 시멘트로 쌓아 올린 교실에서가 아니라,

때 묻지 않은 대자연 속에서

움트고 자랐다는 사실을

우리는 기억할 필요가 있다.

대지와 수목과 화초와 물을 가까이하면

사람의 정신 상태가 지극히 평온해진다.

조급히 서둘 필요도 없이

질서정연한 생명의 바다에서 헤엄을 치면서

어떻게 사는 것이

인간다운 삶인가를

스스로 알아차리게 될 것이다.

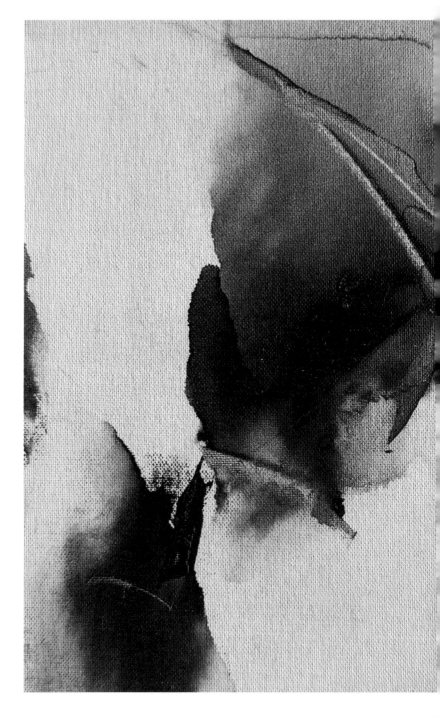

"필요한 것과 불필요한 것을 분명히 가릴 줄 알고,

불필요한 것으로부터 자유로워질 때 비로소 마음도 가벼워진다."

빈 마음

빈 마음, 그것을 무심無心이라고 한다.

빈 마음이 곧 우리들의 본마음이다.

무엇인가 채워져 있으면 본마음은 아니다.

텅 비우지 않으면 거기 울림이 없다.

울림이 없기 때문에 사는 일이 팍팍하고 무기력하고 시들해지게 마련이다.

나누어 가질 때

　우리는 흔히 말한다. 가진 것이 있어야 나누어 가질 것이 아닌가. 그리고 자꾸 나누어주다 보면 나는 빈털터리가 되고 말지 않겠는가. 그럴듯한 말이다. 그러나 우리는 많은 것을 가지고 있다. 퍼내도 퍼내도 마르지 않을 그런 샘을 가지고 있다. 퍼낼수록 더 맑게 고이는 '밑 없는 샘'을 저마다 지니고 있다.

　지금 당장 필요하지도 않은 물건들이 이 구석 저 구석에 쌓여 있지 않은가. 그걸 이리 치우고 저리 치다꺼리하면서 골몰하고 있지 않은가. 그리고 우리가 가진 것은 물건만이 아니다. 우리들의 마음은 무진장의 창고다. 다만 그것이 굳게 닫힌 채 열리지 않고 있을 뿐이다.

　하나씩 나누어 가짐으로써 그 문이 조금씩 열린다. 그 문이

활짝 열려야 우리는 비로소 사람이 되고 얽힘에서 벗어나 자유인이 될 수 있다.

나누어 가질 때는 자기를 돌아보지 말고 받을 대상을 가리지 말라는 것. 자기를 돌아보면 마음이 열릴 수 없다. 이다음에 쓸 것을 미리 걱정하고 자기 식구들 몫을 염려한다면 열리려던 문도 다시 닫히고 말기 때문이다. 그리고 가까운 사람에게만 나누어주고 싶고 그렇지 않은 사람에게는 나누고 싶지 않은 게 일상적인 우리들의 생각인데, 거기에서 벗어나라는 것이다. 그것을 분별 망상이라고 한다.

우리들의 본래 마음은 앞뒤가 툭툭 트인 훤칠한 마음인데, 그런 분별 망상 때문에 스스로 갈등이 생겨 편하지 않고 자유롭지 못하다. 일반인과 신앙인이 다른 점은 자기 마음을 열

줄 아느냐 모르느냐에 있다고도 볼 수 있다.

　우리가 무엇인가를 이웃과 나누어 가지는 것은 곧 우리들 자신을 여는 일이다. 그러니 나누어 가질 이웃이 없을 때 우리 마음은 끝내 열릴 기약이 없다.

　또 나누어 가질 대상이나 그 결과를 따지지 말라는 것이다. 저쪽에서 알아주건 말건 그것을 문제 삼아서는 안 된다. 나누는 일은 오로지 내 일이기 때문이다. 알아주기를 바라는 그 생각이 벌써 때 묻은 마음이다. 모처럼 열리려던 마음이 반쯤 열리다가 마는 결과를 초래한다.

지혜와 덕

    오늘 우리들은 또 남보다 많이 가지고 차지하려고만 하지 그런 과욕의 마음을 스스로 억제하거나 다스리려고 하지 않는다. 예전 사람들은, 즉 과거의 우리들은 조그만 것을 가지고도 고마워하고 귀하게 여기면서 넉넉한 줄을 알았다. 그러나 현재의 우리들은 많은 것을 차지하고서도 고마워할 줄도 귀하게 여길 줄도, 또한 넉넉한 줄도 모른다. 그저 늘 모자라 목이 마를 뿐이다.

    과거의 우리들은 적게 가지고도 지혜롭고 덕스러웠는데, 현재의 우리들은 많이 가지고도 지혜롭지도 덕스럽지도 못하다. 지혜와 덕이란 우연히 생겨나는 것이 아니다. 하루하루 살아가면서 닦고 쌓아야 하는 것인데, 그럴 줄 모르기 때문에 인간의 영역이 날이 갈수록 시들고 있는 것이다.

　좀 모자라고 아쉬운 것도 있어야 그것을 갖고자 하는 기대와 소망도 품게 되는 것이지, 그런 여백이 없으면 기대와 소망도 지닐 수 없다. 가령 어떤 가게 앞을 지날 때마다 이다음에 형편이 풀리면 저걸 우리 집에 들여놓으리라, 이런 생각만으로도 표정 없이 굳어지기 쉬운 일상에 어떤 탄력을 가져올 수 있다. 할 수 있는 한 그 기간을 뒤로 뒤로 미루는 것이 기대에 부풀어 보다 오래 행복해질 것이다.

"소유의 감옥에 갇히지 않고,

가난과 간소함 속에서 자유로움을 배우라."

사람의 욕망

　적게 가질수록 마음이 덜 흩어진다. 그리고 적게 가질수록 귀하고 소중한 줄 알게 된다. 귀하고 소중한 줄 모르는 사람은 알맹이 없는 빈 꺼풀만의 인생을 살고 있는 거나 마찬가지다.

　사람의 욕망이란 한이 없다. 분수 밖의 욕망이 우리를 병들게 한다. 물질만이 아니고 어떤 명예나 지위도 분수를 지나치면 자기 스스로가 불편하고 세상의 비웃음을 사게 마련이다.

　경전의 말씀처럼, 자기 분수에 만족할 줄 모르는 사람은 겉으로 보기에는 부유한 것처럼 보이지만 안으로는 가난하고, 만족할 줄 아는 사람은 남 보기에 가난한 듯하지만 실상은 어디에도 걸릴 게 없는 부유한 사람인 것이다.

그러니 적은 것으로 넉넉할 줄 알고 뭣보다도 살 줄 알아야 한다. 어디에도 거리낌 없이 자신의 천진스런 모습대로 마음 편히 홀가분하게 살 줄 알아야 한다. 자기 자신답게 살 줄 아는 사람이야말로 진정한 인간이라 할 수 있을 것이다.

삶의 가치

예전에 비한다면 우리는 물질적으로는 말할 수 없이 풍족해졌다.

그러나 물질적으로 풍족해진 것만큼 오늘의 우리가 그 시절보다 더 행복한지 아닌지 물어보아야 한다.

더 말할 것도 없이, 우리들 생의 목표는 풍부하게 소유하는 것이 아니라 풍성하게 존재하는 데에 있다.

두루 갖추어진 편리한 세상에서 산다 할지라도, 마음이 편치 않고 정신이 불안정하다면 거기에는 삶의 가치를 부여할 수 없다.

대지는 지금 병들어 있다

잔인한 백인들에 의해서 현재는 이 지구상에서 자취를 감추어가고 있지만, 지혜로운 영혼인 아메리카 인디언들은 일찍이 물질문명에 눈이 먼 인류의 미래에 대해서 우려와 두려움을 나타내왔다.

체로키족의 추장, '구르는 천둥'은 이런 말을 한다.

"인간이 한 장소를 더럽히면 그 더러움은 전체로 퍼진다. 마치 암세포가 온몸으로 번지는 것과 같다. 대지는 지금 병들어 있다. 인간들이 대지를 너무도 잘못 대했기 때문이다. 머지않아 많은 문제가 일어날 것이다. 가까운 장래에 큰 자연재해가 일어날지도 모른다.

그런 현상은 대지가 자신의 병을 치료하기 위한 필수적인 과정이다. 이 대지 위에 세워진 많은 것들은 대지에 속한 것들이 아니다. 그것들은 신체에 침투한 병균처럼 대지에게는 참을 수 없는 이물질들이다. 당신들은 아직 문제의 심각성을 느끼지 못하고 있을지 모르지만, 머지않아 대지는 자신의 병을 치료하기 위한 시도로 크게 몸을 뒤흔들 것이다."

요 근래에 이르러 지구 곳곳에서 일어나고 있는 지진과 기상이변으로 인간들에게 두려움을 안겨주고 있는 자연의 재해는 무엇을 뜻하는가. 짐승들은 몸에 물것이나 이물질이 달라붙으면 온몸을 움직여 그걸 털어버린다. 그건 일종의 자기 정화 활동이다. 커다란 생명체인 이 지구도 자정 활동의 일환으로 자연재해를 일으키고 있다는 것이다.

'구르는 천둥'의 소리에 더 귀를 기울여보자.

"지구는 살아 있는 하나의 생명체다. 지구는 인간과 마찬가지로 그 자체의 의지를 가진, 보다 높은 차원의 인격체다. 따라서 육체적으로나 정신적으로 건강할 때가 있고 병들 때가 있다. 사람들이 자신의 몸을 소중하게 여기듯이 지구도 마찬가지다. 너무도 많은 사람들이, 지구에 상처를 주는 것은 곧 자기 자신에게 상처를 주는 일이며 자기 자신에게 상처를 가하는 것은 곧 지구에게 상처를 가하는 일이라는 것을 전혀 깨닫지 못하고 있다."

오늘날 우리들은 이런 말을 알아듣지 못한다. 뿌리를 잊어버리고 가지에만 매달린 병든 문명에 의존하고 있기 때문이다. 전체를 내다볼 수 있는 우주적인 눈을 지닌 사람만이 이런 경고에 공감한다.

늦게 입고 늦게 벗으라

옛사람들이 건강 비결로 속옷은 늦게 입고 늦게 벗으라고 한 그 말의 의미를 알아야 한다. 늦가을이나 초겨울에 날씨가 좀 춥다고 해서 곧바로 두꺼운 속옷을 껴입으면 한겨울의 추위를 이겨내는 데에 저항력이 약해질 수밖에 없다.

햇볕이 좀 따뜻해졌다고 해서 봄이 온 것은 아니다. 앞을 다투어 봄소식을 전하는 방송이나 신문에 속아 성급하게 봄옷으로 갈아입으면 변덕스런 날씨로 인해 감기에 걸리기 알맞다.

'늦게 입고 늦게 벗으라'는 교훈은 우리 선인들이 몸소 겪으면서 익혀온 생활의 지혜다. 무엇이든지 남보다 앞서가야 직성이 풀리는 성급하고 조급한 요즘의 우리에게는, 속옷만이 아니라 삶의 이 구석 저 구석에 느긋한 여유를 가지고 대응하라는 지혜일 수도 있다.

속도에 쫓기는 현대인들은 일 년에 한두 차례 있을까 말까 한 꽃구경을 가더라도 건성으로 돌아보고 이내 후닥닥 돌아서고 만다. 그야말로 달리는 말 위에서 산천을 구경하는 격이다.

어느 시구처럼 '무슨 길 바삐바삐 가는 나그네'인가.

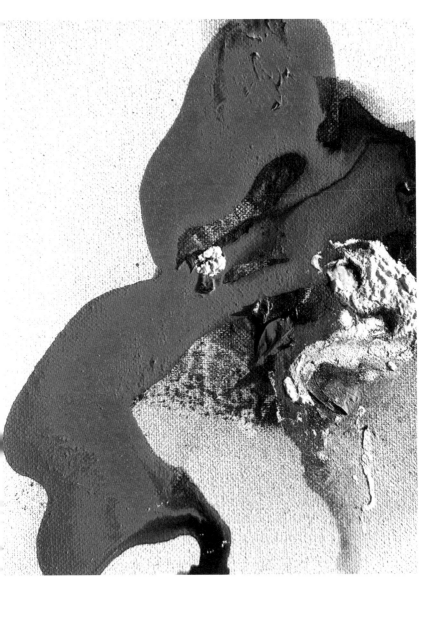

청소 불공

첫눈이 내리고 나서부터 개울가에는 얼음이 얼기 시작했다. 나무들도 그동안 걸쳤던 옷을 훨훨 벗어버리고 알몸으로 의연히 서 있다. 말 그대로 낙목한천落木寒天의 계절.

오늘은 마음을 내어 대청소를 했다. 구석구석 쓸고 닦고, 여기저기 널려 있던 것들을 눈에 띄지 않는 곳으로 치우고, 더러는 미련 없이 버렸다. 버리지 않으면 그 더미에 사람이 매몰된다. 난로에 쌓인 재를 쳐내고, 추녀 밑에 장작을 날라다 놓았다. 불단의 향로에 쌓인 향 끌텅도 채로 걸러내고 집 안으로 끌어들였던 물줄기도 얼어붙기 전에 미리 끊었다.

그리고 머리 무겁고 귀찮은 철 지난 옷가지들을 치우고 겨울철에 걸칠 옷들을 꺼내놓았다. 중노릇 중에서 가장 귀찮고 머리 무거운 일이 뭐냐고 묻는다면 나는 지체 없이 철 따라

옷가지를 챙기는 일이라고 대답할 것이다. 누더기 한 벌로만 한평생을 지냈다는 옛 수행자의 그런 저력이 부럽고 부럽다.

청소를 하면서 문득 떠오른 생각인데, 청소의 경우만은 육조 혜능이 읊은 게송보다는 신수의 게송이 훨씬 설득력이 있을 것 같다.

때때로 부지런히 털고 닦아서
티끌과 먼지 끼지 않게 하라.

그는 우리 마음을 밝은 거울에 비유한다. 구석구석 쓸고 닦아 내는 동안 바깥에 쌓인 티끌과 먼지만 닦이는 게 아니라 우리 마음도 맑고 투명하게 닦이기 때문이다.

나는 한때 이웃들에게 '청소 불공'을 권장한 바 있다. 쓸고 닦는 그 정갈하고 무심한 마음으로 불전에 공양 올리는 일이 되어야 한다는 뜻에서였다.

오늘 아침나절 오두막에서 한바탕 겨울 채비 청소 불공을 하고 나니 내 마음도 개운하고 개운하다. 거치적거린 것들을 훨훨 털어버린 나무들처럼 홀가분하다. 역시 마음은 밝은 거울 같다는 교훈에 실감이 간다.

산중에서 홀로 사는 우리 같은 부류들은 뭣보다도 자기 자신에 대한 철저한 관리와 함께 게으르지 말아야 한다. 게으름이란 무엇인가. 단박에 해치울 일도 자꾸만 이다음으로 미루는 타성이다. 그때 그곳에서 그렇게 사는 것이 그날의 삶이다. 그와 같은 하루하루의 삶이 그를 만들어간다. 이미 이루어진 것은 없다. 스스로 만들어갈 뿐이다.

이런 때 마시는 한 잔의 차는 단연 '단이슬'에 견줄 만하다. 불전에 차공양 올리고 나서 나도 그 아래서 마신다. 내친김에 다기도 겨울 것으로 바꾸었다. 겨울철에 쓰는 다기는 손안에 들어올 만큼 작은 것이 살뜰하다. 차갑게 느껴지는 백자보다는 주황색이나 갈색 계통의 다기가 한결 푸근하다.

이웃 나라에서는 차 품평을 늦가을에 한다는 말을 들었다. 봄철에 갓 만들어낸 햇차는 그 빛과 향기와 맛이 비교적 신선하다. 그러나 고온 다습한 장마철을 거쳐 늦가을에 이르면 그차의 우열이 저절로 드러난다.

철이 바뀌어도 변하지 않는 좋은 차를 대하면, 한 잎 한 잎 정성을 다해 선별해서 만든 그 사람에게 저절로 고마운 생각이 든다. 만든 사람의 그 인품이 차 향기에 배어 있는 것 같다.

　이런 차 맛을 두고 생각할 때 사람의 일도 또한 이와 같을 것 같다. 어떤 상황 아래서도 변덕을 부리지 않고 그가 지닌 인품과 인간미를 한결같이 이웃과 나눌 수 있다면 그는 만인이 기대고 의지할 수 있는 좋은 이웃이다. 이런 친구를 가까이 둔 사람은 복 받은 사람이다.

또 한 해가 빠져나간다

인도에서 불교와 거의 같은 시기에 생긴 자이나교는 불살생계를 엄격하게 지키는 종교이다. 그들은 도덕적인 고행 생활을 강조한다.

그들에게는 1년에 한 번 '용서의 날'이 있다. 그날 자이나교도는 지난 한 해를 돌아보고 땅과 공기, 물과 불, 동물과 사람 등 모든 존재에게 해를 끼친 행동을 낱낱이 기억해내면서 하루 동안 단식을 한다.

그들은 자신이 저지른 허물을 하나하나 상기하면서 용서를 구한다. 자신이 해를 끼쳤거나 생각과 말과 행위에 맞섰던 사람들을 찾아가 용서를 구한다.

"나는 당신을 용서했습니다. 당신에 대한 원한은 갖고 있지 않으며 내 마음속에 미움이나 불만을 품고 있지도 않습니다.

이제부터 나는 당신의 친구입니다. 내게는 어떤 적도 없습니다. 똑같은 영혼을 지닌 당신도 나를 용서하기 바랍니다."

멀리 떨어져 찾아갈 수 없는 사람에게는 편지를 쓴다. 그런 다음에야 단식을 중단한다.

이와 비슷한 의식은 일찍이 불교 교단에서도 행해졌다. 자자自恣가 그것이다. 안거가 끝나는 날, 대중이 선출한 자자를 받는 사람 앞에 나아가 안거 중에 자신이 범한 잘못이 있었다면 기탄없이 지적해달라고 말한다. 이와 같이 세 번 거듭하여 만약 잘못이 있어 지적당하면 그 자리에서 참회한다.

이와 같은 '용서의 날'이나 '참회'는 묵은 허물을 훨훨 털어버리고 새롭게 시작하려는 의지에서 생긴 신앙적인 의식이다. 자신이 범한 업의 찌꺼기를 말끔히 청산하고 과거로부터 자유로워진 삶을 새롭게 시작하기 위해서다.

한 장밖에 남지 않은 달력을 바라보면서 지나온 한 해를 되돌아본다. 내게서 또 한 해가 빠져나간다는 사실을 직시하면서, 잘 산 한 해였는지 잘못 산 한 해였는지를 헤아린다. 내가 누구에게 상처를 입혔거나 서운하게 했다면. 이 자리를 빌려 용서를 구하고 참회를 하고 싶다. 맞은편과 나 자신에게 다 같이 도움이 되는 일이기 때문이다.

몸놀림이 불편한 한 노스님이 한밤중에 잠에서 깨어나자 몹시 목이 말랐다. 물을 마시고 싶어 옆방에서 자는 시자를 불렀지만 깊은 잠에 빠져 깨어나지 않았다.

잠시 뒤에 누군가가 시자의 방문을 두드리면서 "노스님께서 물을 찾으시오"라고 말했다.

깊은 잠에 빠졌던 시자가 벌떡 일어나 물 사발을 받쳐 들고
노스님 방으로 들어갔다. 노스님은 놀라면서 물었다.

"누가 너에게 물을 떠 오라 하더냐?"

시자는 대답했다.

"누군가가 방문을 두드리면서 노스님께서 물을 찾으신다
고 했습니다."

이 말을 듣고 노스님은 탄식했다.

"이 늙은이가 수행하는 법을 잘 모르고 있었구나. 만일 참
으로 수행할 줄 알았다면 사람도 느끼지 못하고 귀신도 알지
못해야 하는데. 오늘 밤 나는 도량신(토지신)에게 내 생각을
들키고 말았다."

청정한 도량에는 도량신이 그곳에 사는 수행자를 낱낱이

지켜보고 있다. 『천수경』에서도 도량이 청정하면 불법승 삼보와 옹호신장들이 그곳에 깃든다고 했다.

수행자뿐 아니라 깨어 있고자 하는 사람은 기거동작이 밝고 활달하고 분명해야 한다. 어둡고 음울하고 불분명함은 진정한 삶이 아니다. 그런 사람은 자신만이 아니라 만나는 이웃에게 어두운 그림자를 드리운다. 한 해가 기우는 길목에서 다 같이 명심할 일이다.

"삶의 마무리는 떠날 채비를 갖추는 것.

언제든 빈손으로 돌아설 수 있는 가벼움을 배우는 일이다."

모두가 한때

삶을 마치 소유물처럼 생각하기 때문에 우리는 그 소멸을 두려워한다.

그러나 삶은 소유물이 아니라 순간순간의 있음이다.

영원한 것이 이 세상에 어디 있겠는가.

모두가 한때일 뿐.

그러니 그 한때를 최선을 다해 최대한으로 살 수 있어야 한다.

새롭게 발견되는 삶은 놀라운 신비요, 아름다움이다.

하나의 물방울

한 방울 한 방울 떨어지는 낙숫물이 돌을 뚫는다.

한 개의 물방울은 보잘것없이 미미한 것.

그러나 그 방울 물이 모여서 강을 이루고 바다를 이룬다.

생명의 신비

인도의 세계적인 스승 크리슈나무르티의 표현을 빌린다면,
삶은 놀라울 만큼 깊고 넓은 그 무엇이다.
하나의 위대한 신비이고
우리들의 생명이 그 안에 움직이고 있는 거대한 나라다.
먹고살기 위한 돈벌이에 그친다면
우리는 삶 그 자체를 보지 못하게 될 것이라고 했다.

진실로 삶은 놀라움이요, 신비다.
인생만이 삶이 아니라 새와 꽃들, 나무와 강물, 별과 바람,
흙과 돌, 이 모두가 삶이다.
우주 전체의 조화가 곧 삶이요, 생명의 신비다.
삶은 참으로 기막히게 아름다운 것.

누가 이런 삶을 가로막을 수 있겠는가.

그 어떤 제도가 이 생명의 신비를 억압할 수 있단 말인가.

"젊어 있을 동안 삶을 알기 시작하지 않는다면 우리는 황폐한 내면을 지닌 채 늙어갈 것이다. 밖으로는 돈을 가지고 미끈한 차를 타면서 뽐낼지 모르지만, 안으로는 무디고 텅 빈 사람이 될 것이다."

역시 크리슈나무르티의 말.

행복한 사람

행복은 주관적인 가치이므로 한 마디로 이렇다 저렇다 단정적으로 말할 수는 없지만 행복은 결코 많고 큰 데만 있는 것은 아닐 것이다.

적거나 작은 것을 가지고도 고마워하고 만족할 줄 안다면 그는 행복한 사람이다. 현대인들의 불행은 모자람에서가 아니라 오히려 넘침에 있음을 알아야 한다. 모자람이 채워지면 고마움과 만족할 줄을 알지만 넘침에는 고마움과 만족이 따르지 않는다.

우리는 지금 죽지 않고 살아 있다는 사실에 고마워할 줄 알아야 한다. 이 세상에 영원한 존재는 그 누구에게도, 그 어디에도 없다. 모두가 한때일 뿐이다. 살아 있을 때 이웃과 따뜻한 가슴을 나누어야 한다. 그래야 사람의 자리를 잃지 않고 사람 된 도리를 지켜갈 수 있다.

비슷한 여건 속에 살면서도 어떤 사람은 자기 처지에 고마워하고 만족하면서 밝게 사는 사람이 있는가 하면, 어떤 사람은 불평과 불만으로 어둡고 거칠게 사는 사람이 있다.

스스로 묻는다. 나는 행복한가, 불행한가? 더 물을 것도 없이 나는 행복의 대열에 끼고 싶지 불행의 대열에는 결코 끼고 싶지 않다. 그렇다면 내가 내 안에서 행복을 만들어야 한다.

무소유

"나는 가난한 탁발승이오. 내가 가진 거라고는 물레와 교도소에서 쓰던 밥그릇과 염소 젖 한 깡통, 허름한 담요 여섯 장, 수건 그리고 대단치도 않은 평판 이것뿐이오."

마하트마 간디가 1931년 9월 런던에서 열린 제2차 원탁회의에 참석하기 위해 가던 도중 세관원에게 소지품을 펼쳐 보이면서 한 말이다. K. 크리팔라니가 엮은 『간디 어록』을 읽다가 이 구절을 보고 나는 몹시 부끄러웠다. 내가 가진 것이 너무 많다고 생각되었기 때문이다. 적어도 지금의 내 분수로는 그렇다.

사실, 이 세상에 처음 태어날 때 나는 아무것도 갖고 오지 않았었다. 살 만큼 살다가 이 지상의 적籍에서 사라져 갈 때도 빈손으로 갈 것이다. 그런데 살다 보니 이것저것 내 몫이 생기게 된 것이다. 물론 일상에 소용되는 물건들이라고 할 수도 있을 것이다. 그러나 없어서는 안 될 정도로 꼭 요긴한 것들만일까? 살펴볼수록 없어도 좋을 만한 것들이 적지 않다.

우리들이 필요에 의해서 물건을 갖게 되지만, 때로는 그 물건 때문에 적잖이 마음이 쓰이게 된다. 그러니까 무엇인가를 갖는다는 것은 다른 한편 무엇인가에 얽매인다는 것이다. 필요에 따라 가졌던 것이 도리어 우리를 부자유하게 얽어맨다고 할 때 주객이 전도되어 우리는 가짐을 당하게 된다는 말이다. 그러므로 많이 가지고 있다는 것은 흔히 자랑거리로 되어 있지만, 그만큼 많이 얽히어 있다는 측면도 동시에 지니고 있는 것이다.

나는 지난해 여름까지 난초 두 분盆을 정성스레, 정말 정성을 다해 길렀었다. 3년 전 거처를 지금의 다래헌茶來軒으로 옮겨왔을 때 어떤 스님이 우리 방으로 보내준 것이다. 혼자 사는 거처라 살아 있는 생물이라고는 나하고 그 애들뿐이었다. 그 애들을 위해 관계 서적을 구해다 읽었고, 그 애들의 건강을 위해 하이포넥스인가 하는 비료를 바다 건너가는 친지들에게 부탁하여 구해 오기도 했었다. 여름철이면 서늘한 그늘을 찾아 자리를 옮겨주어야 했고, 겨울에는 필요 이상으로 실내 온도를 높이곤 했다.

이런 정성을 일찍이 부모에게 바쳤더라면 아마 효자 소리를 듣고도 남았을 것이다. 이렇듯 애지중지 가꾼 보람으로 이른 봄이면 은은한 향기와 함께 연둣빛 꽃을 피워 나를 설레게 했고, 잎은 초승달처럼 항시 청정했었다. 우리 다래헌을 찾아온 사람마다 싱싱한 난蘭을 보고 한결같이 좋아라 했다.

지난해 여름 장마가 갠 어느 날 봉선사로 운허노사転虛老師를 뵈러 간 일이 있었다. 한낮이 되자 장마에 갇혔던 햇살이 눈부시게 쏟아져내리고 앞 개울물 소리에 어울려 숲속에서는 매미들이 있는 대로 목청을 돋구었다.

아차! 이때에야 문득 생각이 난 것이다. 난초를 뜰에 내놓은 채 온 것이다. 모처럼 보인 찬란한 햇빛이 돌연 원망스러워졌다. 뜨거운 햇볕에 늘어져 있을 난초 잎이 눈에 아른거려 더 지체할 수가 없었다. 허둥지둥 그 길로 돌아왔다. 아니나 다를까, 잎은 축 늘어져 있었다. 안타까워하며 샘물을 길어다 축여주고 했더니 겨우 고개를 들었다. 하지만 어딘지 생생한 기운이 빠져버린 것 같았다.

나는 이미 온몸으로 그리고 마음속으로 절절히 느끼게 되었다. 집착執着이 괴로움인 것을. 그렇다, 나는 난초에게 너무 집념해버린 것이다. 이 집착에서 벗어나야겠다고 결심했다. 난을 가꾸면서는 산철(승가의 遊行期)에도 나그넷길을 떠나지 못한 채 꼼짝 못 하고 말았다. 밖에 볼일이 있어 잠시 방을 비울 때면 환기가 되도록 들창문을 조금 열어놓아야 했고, 분盆을 내놓은 채 나가다가 뒤미처 생각하고는 되돌아와 들여놓고 나간 적도 한두 번이 아니었다. 그것은 정말 지독한 집착이었다.

며칠 후, 난초처럼 말이 없는 친구가 놀러 왔기에 선뜻 그의 품에 분을 안겨주었다. 비로소 나는 얽매임에서 벗어난 것이다. 날듯 홀가분한 해방감. 3년 가까이 함께 지낸 '유정有情'

을 떠나보냈는데도 서운하고 허전함보다 홀가분한 마음이 앞섰다.

이때부터 나는 하루 한 가지씩 버려야겠다고 스스로 다짐을 했다. 난을 통해 무소유의 의미 같은 걸 터득하게 됐다고나 할까.

인간의 역사는 어떻게 보면 소유사所有史처럼 느껴진다. 보다 많은 자기네 몫을 위해 끊임없이 싸우고 있는 것 같다. 소유욕에는 한정이 없고 휴일도 없다. 그저 하나라도 더 많이 갖고자 하는 일념으로 출렁거리고 있는 것이다. 물건만으로는 성에 차질 않아 사람까지 소유하려 든다. 그 사람이 제 뜻대로 되지 않을 경우는 끔찍한 비극도 불사不辭하면서, 제 정신도 갖지 못한 처지에 남을 가지려 하는 것이다.

소유욕은 이해利害와 정비례한다. 그것은 개인뿐 아니라 국가 간의 관계도 마찬가지. 어제의 맹방盟邦들이 오늘에는 맞서게 되는가 하면, 서로 으르렁대던 나라끼리 친선 사절을 교환하는 사례를 우리는 얼마든지 보고 있다. 그것은 오로지 소유에 바탕을 둔 이해관계 때문인 것이다. 만약 인간의 역사가 소유사에서 무소유사로 그 향向을 바꾼다면 어떻게 될까. 아마 싸우는 일은 거의 없을 것이다. 주지 못해 싸운다는 말은 듣지 못했다.

간디는 또 이런 말도 하고 있다.

"내게는 소유가 범죄처럼 생각된다……."

그는 무엇인가를 갖는다면 같은 물건을 갖고자 하는 사람들이 똑같이 가질 수 있을 때 한한다는 것. 그러나 그것은 거

250

의 불가능한 일이므로 자기 소유에 대해서 범죄처럼 자책하지 않을 수 없다는 것이다.

우리들의 소유 관념이 때로는 우리들의 눈을 멀게 한다. 그래서 자기의 분수까지도 돌볼 새 없이 들뜬다. 그러나 우리는 언젠가 한 번은 빈손으로 돌아갈 것이다. 하고 많은 물량일지라도 우리를 어떻게 하지 못할 것이다.

크게 버리는 사람만이 크게 얻을 수 있다는 말이 있다. 물건으로 인해 마음을 상하고 있는 사람들에게는 한 번쯤 생각해볼 말씀이다. 아무것도 갖지 않을 때 비로소 온 세상을 갖게 된다는 것은 무소유의 또 다른 의미이다.

본문 출처

침묵하라 그리고 말하라

초판 1쇄 인쇄 2025년 4월 15일
초판 1쇄 발행 2025년 4월 30일

지은이 법정
그린이 김인중
엮은이 (사) 맑고 향기롭게
펴낸이 정중모
펴낸곳 도서출판 열림원
출판등록 1980년 5월 19일(제406-2000-000204호)
주소 경기도 파주시 회동길 152
전화 031-955-0700
팩스 031-955-0661   페이스북 /yolimwon
홈페이지 www.yolimwon.com   트위터 @yolimwon
이메일 editor@yolimwon.com   인스타그램 @yolimwon

주간 김종숙   기획실 정진우 정재우
편집 김은혜 정소영 김혜원   마케팅 홍보 김선규 고다희
디자인 강희철   디지털콘텐츠 구지영
제작 윤준수   영업 관리 고은정
원고 구성 홍정근   회계 김선애

ISBN 979-11-7040-323-4 03810